徳 間 文 庫

泥棒も木に登る

赤 川 次 郎

徳 間 書 店

目次

泥棒も木に登る

1

「やっぱり変よ」

というひと言で、ラブシーンは途切れた。

狭い車の中で、苦労しながら何とか思いをとげようとしていたボーイフレンドは、ムッとして、

「俺のどこが変だよ」

と言った。

「え？」

相手の女の子は、考えごとをしていて、聞いていない。「何のこと？」

「もういい」

プーッとふくれた彼氏の方は、起き上ると、「車、降りろよ」

「降りてどうするの？」

と、女の子は、ブラウスのボタンをとめながら訊く。

「座席とか、元の通りにしないと。一旦降りた方が楽だから」

「うん。待ってね」

女の子は、助手席から外へ出ると、スカートのしわを伸し、深呼吸した。

そう……。やっぱり変だった。

私には分るのよ。

ブルル……。エンジンの音がして、振り向くと――。

「あれ？」

車は走り出し、たちまち見えなくなってしまった。

「ちょっと！　私、乗ってない……」

と言いかけたものの、聞こえるわけもなく、そして、どう見ても今のは「うっかり乗せるのを忘れた」んじゃなくて、明らかに「乗せずに行っちまえ」だったことに気付くと、

「何よ、馬鹿！」

と、桜田陽子は手を振り回して怒鳴ったのである。

――十月の夜。

まあ、暑くも寒くもない、快適な夜ではあったけれど、高台の、人家のほとんどない場所に取り残されると、やはり心細いものがあった。

「どうしよう……」

と、陽子は呟《つぶや》いた。

桜田陽子は十八歳の大学一年生。――彼氏の車で、ここを下りた一帯に広がっている遊園地へ遊びに行った。

そして、閉園時間まで目一杯遊んでから、二人で近くのファミリーレストランで食事をし、それからここへ来た。

道が少し広くなって、駐車場代りに使われている気配の曲り角。そこに車を停めると、眼下に町の夜景が広がって――美しい、とまで言えないにしても、見ようによっちゃロマンチックかもしれない。

当然彼の方には下心があり、車の座席を倒して、やさしくキスなどしてくれたのだが……。

でも、やっぱり変だ。

陽子には、どうしても気になることがあったのである。それをつい口に出し、彼が頭に来て、行っちゃった、というわけだ。

悪かった、とも思うが、だからといって、女の子を置き去りにして行くかしら？　ひどいわ。

怒っていても、バスやタクシーの通る道ではない。自分で歩いて坂を下りるしかない。

歩くとかなりの道のりである。

諦《あきら》めて、トボトボと歩き出すと、

「乗るかい?」

と声をかけられ、

「キャッ!」

と、飛び上った。

「ごめんごめん」

と、その男は笑って、「びっくりさせるつもりじゃなかったんだ」

置いてあるのかと思った車の一台。人が乗っていたのだ。

「坂の下まで、乗せてもらえます?」

と、陽子は訊いた。

「いいよ、乗りなさい」

陽子には、多少警戒心もあった。相手は男一人。

つまり、車の中では男女二人きりになるわけで、用心しようと思った。

でも、よく見ると、運転しているのは三十代のいい男で、しかも紳士だった。

陽子の勘は当ることが多い。

「失礼します」

と、助手席に乗ると、「何してたんですか、こんな所で？」

「考えごとさ」

車を走らせながら、男が言った。

「考えごと……。ずいぶん変ったところで考えるんですね」

「まあね。ちょっと夜の商売なんでね」

「へえ。ホストクラブ？　もてるだろうなあ、きっと！」

相手は、否定も肯定もしなかった。

「――彼氏に置いてかれたのかい？」

「そうなの！　ひどいわよね！」

と、また改めて（?）カッカしている。

「ささいなことでケンカするのも、若い内の楽しみだな」

「そんなもんかなあ。でも、絶対許さない！」

と、腕組みをして、「私、桜田陽子。あなたは？」

「今野淳一というんだ。よろしく」

「淳一さん？　独身？」

「いや、女房持ち。子供はいないがね」

「羨《うらや》しいなあ、奥さん」

と、何でも羨しがるのが、今どきの若い人間。

「しかし、何だって置いてかれちゃったんだ？」

車は、ゆるい下り坂を慎重に下りて行った。ヘアピンに近いカーブが続くが、運転は全く危げがない。

「彼が私の上で張り切ってるとき、私が『やっぱり変よ』って言ったんで、自分のこと言われたのかと思って、ムカッとしたみたい。早とちりよね。訊けばいいのに」

「早とちりなら、こっちも慣れてるがね」

と、今野淳一はニヤリと笑った。「何が変だったんだい？」

「ジェットコースター」

「何？」

「この坂、下りたら〈T遊園地〉があるでしょ？　昼間、ずっとそこで遊んでてね、気になることがあったの」

「どんなこと？」

「ジェットコースターがおかしいの」

「おかしいって、どんな風に？」

陽子は少し考えてから言った。

「あのジェットコースター、その内脱線して大事故起すわ」

淳一は、さすがにびっくりした様子で、ブレーキを踏んだ。

車は道の端へ寄せて停り、

「そりゃ大変なことじゃないか」

と、淳一は言った。「もし本当に満員のお客を乗せて脱線したら、死者も十人や二十人じゃきかないんじゃないか」

「そうでしょうね」

と、陽子は肯《うなず》いた。

「しかし……どうしてそう思ったんだい？」

「音よ」

「どんな音？」

「何て言うのかなあ。いつもと違う音なの」

と、陽子はむつかしい顔をして言った。

「いつも、って、そんなに良く乗ってるのか？」

「そうでもないけど、三十回くらいは乗ったかな」

「——好きなんだね」

と、淳一はまた車を走らせながら、「それで、乗ってて、いつもと違う音がした、ってわけか」

「そうなの。ギーッていうのかな……。妙にきしんでる音で、あんな音、前にはしなかったの。絶対よ」

「それじゃ、係の人にそう話せば？」

「私が言っても、信じちゃくれないわ。気のせいだ、ってあしらわれて終りよ」

「言ってみなくちゃ分らないよ」

「でも、いやなの、面倒なことは」

陽子は欠伸《あくび》をして、「ああ、眠い」

「もう坂の下へ着くよ」

「ねえ、せっかくここまで来たんだから、うちまで送って。私、眠いの……」

「だけど、君……。ねえ、君――」

淳一が呼びかけても、陽子は返事をしなかった。――一瞬の内に、陽子は眠り込んでしまっていたのである。

2

「ジェットコースター？」

と、真弓は言った。

「そうなんだ」

「この子と二人でジェットコースターに乗ったの？　そして愛を囁《ささや》き合ったのね」

「おい」

今野淳一は、何とか愛妻・真弓をなだめようと肩を抱いて、「ジェットコースターで愛を囁けると思うか？」

「その気になりゃできるわ」

「大声出さなきゃ聞こえないぜ」

「見つめ合ってただけかもしれないわ。目は口ほどにものを言い、って言うわ」

真弓は、眠り込んで一向に起きる気配のない桜田陽子を連れて淳一が帰宅したので、頭に来ているのだった。

今、陽子は今野家のソファで眠り続けている。

「な、落ちつけ」

淳一は、やさしく真弓の首筋にキスした。ともかく、猛烈なやきもちやきの真弓は、カッとなるとすぐ拳銃をぶっ放すくせがあるのだ。

刑事としては優秀な真弓だが、妻としては、「夫を愛し過ぎている」という点が問題だった。

それ以外の点は——たとえば、夫の淳一が泥棒であること——大して重要ではなかったのである。

「私たちもジェットコースターに乗りましょうよ」

と、真弓は夫を寝室へ引張って行った。

「こんな所にジェットコースターは通ってないぜ」

「分ってるわ。でも、私たちの愛もジェットコースターに似てる」

「そうかい？」

「そうよ。走り出したら、終りまで行き着かないと、途中下車はできないの！」

真弓は淳一へ飛びかかった。

——どんなに愛し合っていても、ジェットコースターのように正味一、二分では終りまで行き着かなかったのだが……。

「しっ！」

と、良子は言った。「足音、たてないで」

「ごめん……」

「もう、ここでいいわ」

良子は囁くような声で言った。「明日は出勤よね」

「うん。君もだろ」

と、浜田達夫が肯く。「昼休みに、顔を出すよ」

「だめよ」

良子は首を振った。「明日は小学生の団体が三つも入ってるの。お昼に三十分ずつずらして入れてるけど、大変だわ。戦場のような騒ぎよ、きっと」

「そうか……。じゃ、帰りは？」

「お父さんがどうするか……。できたら一緒に帰るわ」

「ああ。無理しないで」

「ごめんなさいね」

良子は、そう言って薄暗い玄関で、そっと浜田の顔を探ると、引き寄せて唇を重ねた。

「——気を付けて」

と、浜田を送り出し、そろそろと玄関の引き戸を閉める。

神中良子は、暗がりの中、そっと部屋へ上ると、奥の部屋の気配をうかがった。

父、神中弥吉が一人で寝ているはずだ。

大丈夫。目を覚ました様子はない。

少しホッとして、良子は茶の間の小さな明りを点《つ》け、バッグを置いた。

食事をした様子はない。父は、大方どこか外で食べて来たのだろう。

良子は、自分でお茶をいれて、そっとすった。——浜田とのデートも三度めだ。いつもこんな風にこそこそと隠れるように帰って来なくてはならないのは申しわけないのだが、仕方ない。

その内にはきっと……。

「その内には、か……」

つい、そう呟いていた。

「何が『その内』だ？」

ギクリとして、良子は父が立っているのを見た。

「お父さん……。起きてたの」

と、何とか笑顔を作って、「送別会の後の二次会が遅くなって……」

「良子。嘘《うそ》はよせ」

と、神中弥吉は遮った。「あんな大きな声でしゃべってりゃ、いやでも聞こえる」

良子は、目を伏せた。

「——嘘ついたわけじゃないわ。送別会も二次会も本当よ」

つい、言い返してしまう。

「その後が、本当の目的だろ？　浜田とホテルにでも寄ったのか」

神中弥吉はあぐらをかいて言った。

「そんなことしない、って言っても、信じてくれないんでしょ」

「良子。——浜田と付合う前のお前は、そんなに反抗的じゃなかった」

弥吉がため息をつく。

「お父さん。お願い。浜田さんに辛《つら》く当らないでね」

弥吉はムッとした様子で、

「俺がそんな男だと思ってるのか」

と言った。

「そうね。ごめんなさい。つい……」

良子にも分っている。父が、仕事にそんな私情を挟む人間でないことは。

それでもつい言ってしまう。それほど、浜田のことが心配なのである。

「——いいか、良子」

と弥吉は言った。「俺も、お前が好きな男といつか一緒になってくれるといいと思ってる。しかしな、浜田の給料はいくらだ？　お前の給料と合せたって、やっと食っていけるかどうかだ。しかも、身分は不安定で、いつ辞めさせられるか分らん。そんな男にお前を任せられるか？」

良子は言い返しかけて、やめた。何とかこらえた。——やり始めたら、きりがないと分っているし、同じ所をグルグル回るだけだと予想もつく。

父・神中弥吉はもう六十五。今、〈T遊園地〉の保安係である。

良子は〈T遊園地〉の中のレストランで働いていて、父の下で働く浜田達夫と恋仲になった。

母は早く亡くなり、父との二人暮し。しかも、良子はまだ十八歳だ。――父の心配も、良子には痛いほどよく分る。

浜田とて二十一という若さなのだ。

でも――別れたくない。良子にとって、今恐ろしいのは、浜田を失うことだった。

「ともかく……」

と、弥吉は立ち上って、「もう寝ろ。明日が辛いぞ」

突然、父がフラッとして、壁に手をついた。

良子はびっくりして、

「お父さん！　大丈夫？」

と、駆け寄る。

「――何ともない。軽いめまいだ」

と、弥吉は手を振って、「早く風呂に入れ。もうぬるくなってるぞ、湯を足さんと」

「うん……」

良子は、父が奥の部屋に入って行くのを、不安げに見ていた。

このところ、父が老け込んでしまったことを、良子は感じている。六十五という年齢を考えれば当然なのだろうが……。

時計を見て、良子は手早くワンピースを脱ぐと、大きく伸びをした。

真夜中の十二時。

淳一は、言われた通りの場所に車が停っているのを見た。

街灯の明りから逃れるように、その車は、闇の影の中に身をひそめていた。

淳一が歩み寄ると、窓ガラスが下りて、

「あなたですね」

と、女の声。

「そのようですね」

と、淳一は答えた。

「乗って下さい」

淳一は、後部座席に入った。女と並んで座る。運転席には誰もいなかった。

「――お話というのは？」

「見付けていただきたいものがあるんです」

と、女は言った。「ナイフ。この写真のものと同じです」

淳一は写真を手に取った。

車の中は薄暗くて、女の顔はよく見えない。お互い、その方がいいのだろう。

「〈T遊園地〉に、神中弥吉という男が働いています。その男が、ナイフを持っているはずなんです。見付けて下さい」

「期限は？」

「一週間後の同じ時刻に、ここへ来ます」

と、女は言った。

「いくらです？」

「一千万。——よろしい？」

「結構でしょう」

「前金を三百万、用意して来ました」

「いりません」

「なぜ？」

「報酬は、すんだ仕事に対していただくものですよ」

淳一はそう言って、「では、一週間後に」

と、ドアを開けようとした。

「そのナイフが、どういうナイフか、訊かないんですか」

女は意外そうだ。

「私には関係ないことです。そうでしょう？」

「そうですね」

女の声に、初めて感情らしいものが混った。「プロでいらっしゃるのね」

「それは、ナイフをお持ちしたときに言って下さい。——では」

淳一はドアを開け、車から出た。ドアを閉めようとして、

「車のトランクの中の方《かた》に、ご苦労さまと言って下さい」

淳一はドアを閉め、足早に立ち去ったのだった……。

3

終った！

——神中良子は、ぐったりと椅子に座り込んで、しばらく口もききたくなかった。

他の女の子たちも同様だが、良子ほど駆け回り、立ち働いたウエイトレスはいないだろう。

小学生のグループ、三つを三十分ずつで捌《さば》いて、何とか無事に終らせたものの、くたびれ切って、動けないのである。

「ちょっと！　山形部長よ！」

と、誰かが言って、みんなあわてて立ち上った。

「いいんだ。今日は大変だったね」

と、入って来たのは、いつも三《み》つ揃《ぞろ》いに身を包んで、口やかましくてみんなに煙たがられている山形という男だった。

「何とか遅れずにやれました」

と、レストランの責任者が言うと、

「ご苦労さん。今から昼食だね？　今日の昼は、各自、ここの好きなものを頼みなさい。会社持ちでいい」

みんなが戸惑って顔を見合せる。――今の、空耳？

ケチで細かく、トイレットペーパーの使い方まで文句をつけるあの部長が、「会社持ちで」何でもメニューの品を食べていいというのだ。雪でも降るかもしれない。

ともかく、気が変らない内に、とみんなあわててキッチンの方へオーダーを出したのだった。何しろ、普通ならウエイトレスの子たちは毎日のようにカレーライスを食べさせられているのだ。それも具のほとんど入っていない……。

「何か、よっぽどいいことがあったのね」

と、同僚に言われて、良子は笑いをこらえた。

しかし——良子は気になっていた。山形のちょっとずる賢い目が、チラチラと自分の方へ向けられているような気がしたからだ。

ともかく、一般のお客は途切れることなくやってくるので、のんびり食べているわけにいかない。

良子が早々と食べ終えて、手を洗っていると、

「——神中君」

ギクリとした。いつの間にか、山形がすぐ後ろに立っている。

「部長さん、何か……」

と、タオルで手を拭《ふ》きながら訊くと、

「ちょっと話したいことがあるんだ。一緒に来てくれないか」

「でも仕事が——」

「大丈夫。すぐすむよ」

いやになれなれしく、肩へ手など回されて、良子はあわててスルリと逃げ出した。

レストランの裏へ出て、

「お話って……」

「うん。簡単なことなんだ」

と、山形は言った。「僕と付合ってくれ」

「――え？」

「おこづかい程度はあげられるよ。おいしいものも食べさせてあげる。悪い話じゃないだろ？」

良子は呆気《あっけ》に取られていた。あまりに当り前のような山形の言い方に耳を疑ってしまったのだ。

「部長さん。おっしゃる意味がよく分りませんけど……」

「簡単だよ。僕の恋人になってくれってことさ。前からね、君のことを好きだった。可愛い子だなと気になってたんだよ」

良子は唖然《あぜん》として、それからやっと腹が立って来た。

「じゃ、簡単にお答えします。答えは、『とんでもありません！』そのひと言です。失礼します」

と、良子はさっさと仕事へ戻ろうとした。

「君のお父さんがクビになってもいいのかね？」

山形の言葉に足を止め、良子はゆっくりと振り返った。

「――何のことですか」

「神中弥吉。殺人罪で刑務所に十年も入っていた。そんなことがばれたら、まずここの保安係じゃいられないね。何しろ、女性、子供が相手の商売だ」

良子は硬い表情で、

「父は、ちゃんと罪を償って来たんです」

と、言い返した。「それに、ここで雇っていただくときも、隠していなかったはずです」

「社長はこの間、代ったばかりだよ。特に今の社長は気の小さい人だからな。万一のことがあったら、って言われりゃ、すぐにクビにするさ」

「ひどいじゃありませんか！」

と、良子は言った。「そんなの脅迫です」

「何と言われようと、僕は平気だよ」

もう五十になる山形は、およそもてる感じではない。もっとも、もてるなら、こんなことをしなくてもいいわけだが――。

「言うことを聞けば、お父さんも失業しなくてすむ。もちろん君もだ。迷うことはないと思うがね」

山形はニヤリと笑って、「それに、浜田君のクビも。そうだろう？」

良子は青ざめた。

「明日は日曜日だ。忙しいだろうが、却《かえ》って人目にはつかない。返事はお昼の休みに聞くよ。じゃあね」

山形は指先で良子の頰《ほお》をそっとなでた。良子が身をすくめると、山形はちょっと笑って、立ち去った。

良子は、青ざめた顔で立ちすくんでいたが、やがてフッと我に返ると、

「仕事だわ……」

と呟いて、レストランの中へと、走るように戻って行った。

レストランの裏手は色々、段ボールやプラスチックのケースが積み上げてある。そのかげから、そっと立ち上ったのは、他ならぬ神中弥吉だった。

弥吉は何か思い詰めた表情になると、急ぎ足でその場を立ち去った。

すると——また一人、段ボールのかげから顔を出した。浜田である。

忙しいピークを過ぎて、良子が少しは休めるかと会いに来たのだが、山形が良子と話しているのを見てしまった。

「神中さんが、殺人犯か……」

と、浜田は呟いた。「だけどふざけてる！　山形部長の奴！」

浜田は、まるでそこに山形がいるとでもいうように、拳を振り回した。

「この野郎！　——この野郎！」

ハアハア息を荒くして、浜田は大股に歩いて行った。

「やれやれ……」

と、呟いたのは——それをまた少し離れて眺めていた淳一である。

どうも、このまま無事に終りそうもない。

しかし、神中弥吉が「ナイフを持っている」というのは、どういうことなのだろう？

そのナイフを見付けてくれというのは？

殺人犯として服役していた神中弥吉。

ナイフというのは、事件の凶器だったのか？　淳一は、あの女から渡されたナイフの写真を見た。

「当ってみる必要がありそうだな」

本当なら、ナイフを見付け出して、一千万円でそれを渡せばすむことだが、そこは刑事を妻に持ったせいか、つい事件の真相を知りたくなってしまうのである。

「泥棒としちゃ、邪道かな？」

と、淳一は呟いた。

すると、そこへ、

「淳一ちゃん！」

まさか……。淳一がゆっくり振り向くと、あの桜田陽子が立っていた。

「君か……。何してるんだ？　それに、いい年齢《とし》した大人を『ちゃん』と呼ぶのはやめなさい」

「偶然ね！　私たち、再会するように、運命づけられていたんだわ」

陽子の方は、全然聞いていない。

「君が泊ってったおかげで、真弓の機嫌はしばらく悪かったぞ」

「可愛い奥さんよね。私も結婚したらあんな風になりたい！　でも、亭主が淳一ちゃんみたいな人でないとね」

「ちゃんはよせって」

「ね、行こう」

「どこへ？」

「ジェットコースターに乗るの」

「そんなもの……」

と、淳一は言いかけて思い出した。「君、それって、その内事故を起すと言ってたやつじゃないのか？」

「そうよ」

「どうしてわざわざ乗るんだい？」

「私、スリルのある『絶叫マシン』を求めてるの。でも、初めの一、二回は怖くても、どんなのでも、すぐ慣れちゃうのよ。でも、ここのは違うわ！　いつ壊れるか分らない。これこそスリルよ！」

「味わいたくないね、そんなもの」

「いいから、行こう！」

陽子に強引に引張られ、淳一は仕方なく長い行列の最後についた。

「大丈夫。私たちが乗るまでは壊れないわよ」

「どうして分る？」

「分んないけどさ。そう思ってりゃ怖くないでしょ？」

度胸がいいのか、少し抜けてるだけなのか……。

すぐに淳一たちの後ろにも列ができて、待つこと三十分。次には乗れそうな所まで来た。

「ね、聞いてて」

と、陽子が指を立てる。

前のグループを乗せて、ジェットコースターが、ゴトンゴトンと急傾斜を這《は》い上って行く。

そして頂上に達すると、パッと解放されたように動き出し、一気に急角度を落下して行く。「キャーッ！」と、女の子たちの叫び声が重なり合って響く。

ゴーッ、という音が遠くに近くに聞こえている。

「ここよ。聞いてて！」

と、陽子が淳一の腕を取った。

ゴーッという響きの中、一瞬、確かにギーッという不気味にきしむ音が聞こえた。

「——分った？」

「うん。しかし、君、よく気が付いたな、あんな音に」

「私、ジェットコースターおたくなの。全国のジェットコースターを乗り回るのが趣味なんだもん」

　色んな趣味があるものだ。

「——さ、乗ろう！」

　陽子は淳一の手をつかんで言った。

　淳一も、「あと一回ぐらいは大丈夫」という、非論理的な理由で自分を納得させて、そのジェットコースターの一番前に乗ったのである。

「いざ！」

と、陽子は張り切っている。

　淳一は苦笑したが……。

　ふと、近くに立って、ジェットコースターのレールをじっと見上げている神中弥吉の姿に気付いた。

　あれはもしかすると……。

　淳一は、ガクン、と体を引張られる感じがして、すでに自分が空の高みへと上って行くのを、情ない気分で感じていた。

「ヤッホー！」

奈落の底へ真逆様に落下するような勢いでジェットコースターが突っ込んで行くとき、陽子は心から楽しげに、声を上げたのだった……。

4

「おはよう」

と、真弓は欠伸しながら居間へ入って来た。

「——早いな」

と、淳一が言った。「何か急ぎの用か？」

「そうじゃないけど、『早起きは三十円の得』って言うじゃない」

真弓は、また大欠伸して、「アーアー……。よく寝たわ」

「おい、真弓」

「何よ？　——だめよ、朝っぱらから」

と言いながら、真弓の方がニヤニヤしている。

「どうしても、って言うのなら、考えないでもないけど……」

「そうじゃない！　起きたのは、何か急ぎの用じゃなかったのか？」

「違うわよ。どうしてそうしつこく訊くの？」

と、真弓がふくれっつらになると、

「道田君が、お前の起きて来るのを、じっと待ってたからさ」

「え？」

真弓は振り向いて、顔に新聞をかぶってソファに座っている、部下の道田刑事に気付いた。

「事件だったんだろ」

「――そうか。そうだったわ！　どうして起してくれないのよ！」

これだけ勝手な刑事もいないだろう。

「道田君……。何してるの？　顔、出したら？」

「遠慮してるのさ。お前が悩ましいネグリジェなんか着てるから」

真弓も、初めて自分が透《す》けて見えるネグリジェ姿なのに気付いた。

「あら。――着替えたつもりだったんだけどな。待ってて」

少しも急ぐではなく、真弓は寝室へ戻って行った。

「道田君、もう大丈夫だ」

淳一の言葉に、道田刑事は新聞をどけて、ハーッと息をついた。

「君、今まで息を止めてたのか？　レントゲン写真をとってるんじゃないぜ」

「息で……新聞が落ちたら、と思うと心配で……」

真赤な顔で、道田は喘《あえ》いだ。――真弓にひたすら真心を捧《ささ》げているこの若き純情な刑事は、いかに真弓に叱《しか》られようと、ひたむきに忠実であろうとしているのだ。

「仕度に三十分はかかるぜ。ここでのんびり待ってちゃまずいんじゃないか？　何なら先に行ってろよ。後から僕が真弓を連れてく。どこへ行けばいいんだ？」

「そんな……。一般市民の方に、そこまでさせては申しわけありません！」

と、道田は言ったが、「あの……お言葉に甘えてもいいでしょうか」

「いいとも」

何しろ、道田は殺人現場へ向うパトカーでここへ寄り、真弓が起きてくるまで二十分も待っていたのだ。

「で、どこへ行けばいいんだ？」

「〈T遊園地〉です」

「――どこだって？」

淳一は思わず訊き返していた。

「〈T遊園地〉ですが……。今野さん」

「うん……」

「耳が遠くなったんですか？」

「違う！」

と、淳一は珍しくむきになっている。「誰が殺されたんだ？」

「ええと……野坂綾子って女性です」

「野坂……。遊園地の中で殺されたのか？」

「そうらしいです。でも、日曜日で人出が多いので、混乱を避けるために、目立たないように行けと言われています」

「分った」

と、淳一は肯いた。「真弓が仕度したら、すぐ連れて行く」

「お願いします！」

道田は一礼して、駆け出して行った。

可哀そうに。これでもきっと上司から叱られるのだろう。

——野坂綾子か。

「やれやれ」

淳一がため息をついたのは、神巾弥吉からナイフを盗み出してくれと依頼して来た、あの女が、おそらく野坂綾子だったからである。

「道田君！」

現場に着くなり、真弓は大声で道田を呼びつけた。

「はい！」

と、道田が飛んでくる。

「死体は？」

「あのベンチの裏側です」

「それで、手がかりは？」

「はあ、今、辺りを捜索して――」

「いい？　捜査はね、初めの一時間で決るのよ。初動捜査こそ、事件解決の鍵なのよ！」

「はい！」

ついて来た淳一は、自分が寝坊して遅れながら、平気で（かつ、本気で）ああいうことを言う真弓に、改めて（？）感心していた。

――T遊園地は、日曜日の今日、晴天のせいもあって混雑していた。

「――何ごとですか」

通りかかった家族連れが、警官の姿を見て訊く。

「いや、行き倒れらしいですよ」

と、淳一は適当にごまかした。

そのベンチの裏側を覗《のぞ》くと、植込みの中に女が倒れていた。

間違いない。あの女だ。

野坂綾子。十五年前に夫が殺され、その犯人として捕まったのが、当時、野坂家の運転手だった神中弥吉だった。

その神中の「ナイフ」……。それは何だったのか。

野坂綾子を殺すわけが、誰にあったのだろう？

そのとき、淳一は、当の神中弥吉が大股に歩いていくのを見て、急いで後を尾《つ》けることにした。

神中弥吉は、何かを決心した表情で、T遊園地の奥の建物へと入って行った。

遊園地のオフィスである。

淳一が入って行っても、別に誰も気にとめない。そういう所なのだろう。

廊下を奥へと進んで行くと、

「いい加減にしろ」

という声が、少し開いたドアから聞こえて来た。

近付いて覗いてみる。

「いいか。君は技術的なことなんか、何も分っちゃいないんだ。それを何だ！　そんな下らんことを考えてるのなら、いつ辞めてもらってもいいんだよ」

山形である。良子のことといい、脅すのは得意なようだ。

「ですが、部長さん——」

「まだ何かあるのか？」

と、山形は苛々《いらいら》と訊いた。

「お願いです。ジェットコースターを一回だけ停めて下さい。おかしな所がないか、調べてみたいのです」

「ふざけるな！　今日は日曜日だぞ。あのジェットコースター目当てに来る客がどれだけいるか分ってるのか？」

と、山形は怒鳴りつけた。

しかし、弥吉の方も引かない。

「だからこそです。万一、あれが事故でも起したら、大変なことになります」

と言い返す。

「どこがおかしいっていうんだ」

「音です」

「音がどうした」

「これだけ、毎日聞いているんです。少しでもおかしい所があれば気付きますよ」

と、弥吉は言った。「一カ所、妙な音をたてるんです。ギーッって、気味の悪い音を」

「だからどうだっていうんだ？」

「もし、あのレールのどこかがゆるんで外れかけていたら……。あるいは、支えている支柱のどこかが……」

「よせ。もうむだだ」

と、山形は手を振った。

「山形さん――」

「それより、自分のクビの心配でもしろ」

弥吉は、少し間を置いて、

「私一人のクビがどうだっておっしゃるんです。大勢のけが人が出たら、それどころじゃない」

そして、弥吉はパッと大股に立ち去って行った。

淳一は、弥吉がどうするのか、気になって後を尾けていった。

弥吉が足を止めたのは、あのジェットコースターの前だった。

ゴーッという音と、キャーキャーという叫び声。

ジェットコースターは巨大な曲線の組み合せを、駆け抜けて行く。

弥吉は、厳しい顔で、レールを見上げている。

「――来てたのね」

淳一は、その声に振り向いて、

「君か」

桜田陽子だ。

「今、乗ってみたわ」

「どうだった？」

「あの妙な音、大きくなってた。それに、一瞬だけど、左右に引張られるように揺れるの。あんな感じ、初めてよ」

淳一は、陽子の腕を取ると、

「おいで、あの人に話してあげるんだ」

と、立っている弥吉の方へ連れて行った。

「神中弥吉さん」

「――どなた？」

と、けげんな顔で振り向く。

「誰でもいい。この子は、もう何十回もこいつに乗ってる。この子の話を聞いてくれ」

陽子が妙な音と、揺れの話をすると、弥吉が表情をこわばらせた。

「――それは大変だ」

「このままじゃ、脱線して、大事故だわ」

「その音のしたのはどの辺だね」

「こっち！」

陽子が、レールの間へ入って行く。

そして足を止めると、

「この真上辺り」

「俺も、昨日この辺が怪しいと思った」

と、弥吉は肯いた。「よし、何とか話して、止めよう」

そのとき、ガサッという音がした。

「何か落ちて来た」

淳一は、身をかがめて、「――これ、分るかね」

淳一の手にした太いねじを見て、弥吉はサッと青ざめた。

「レールを支えてるねじの一つだ。――この真上から落ちたとすると……」

弥吉は上を見上げ、「えらいことだ」

と言った。

「止めよう。上役に相談してる暇はない」

淳一がレールの下をくぐって、列のできている乗り場へ急ぐと、

「あなた！」

「真弓。どうしたんだ」

「今、神中弥吉って男と一緒だった？」

「うん。それがどうした？」

「野坂綾子の夫を殺して刑務所へ入っていたのよ、その男。取り調べなきゃ」

「待てよ。今は緊急事態だ」

「何のこと？」

淳一は、ジェットコースターが客を乗せて、スタートして行くのを見て、

「しまった！　あれを止めなきゃ」

「どうして？」

「見ろよ」

淳一が指さしたのは、高いレールへと、支柱の間をよじ上って行く弥吉の姿だった。

「あれが――」

「神中弥吉だ。ともかく、ジェットコースターが落ちるかもしれないんだ」

「落ちる？」

真弓が目を丸くした。

「客を解散させろ。今は騒ぎになるのが一番まずい」

「分ったわ。任せて！」

真弓が、大股に乗り場へと向う。

淳一は駆け戻ると、弥吉の後を追って、自分も支柱の間を上って行った。

5

「はい、今日はここまで」

真弓がいきなり列の前に立ちはだかって、言った。

客が顔を見合せる。

「――おい、何してんだ」

と、係の男がやってくる。「邪魔しないでくれ」

「今日はもう運転中止」

「何だって？　誰がそんなこと決めたんだ」

「私よ」

真弓は警察手帳を出して言った。

「でも……」

「みんな、聞いて！」

と、真弓は大声で行列の方に向けて言った。「このジェットコースターは呪われてるのよ！」

　みんな、顔を見合せている。

「この設計者が首を吊《つ》って自殺したのを知らないの？」

「エーッ！」と声が上る。真弓は深刻な顔で肯いて、

「それだけじゃないわ。――建設に係った人の中に、何と十五人もの死者が出たのよ！」

　シーン、と誰もが沈黙する。

「そして今は、これに乗った人にも、被害は広がりつつあるの。気の毒だけど……」

　真弓は、ゴーッと音をたてて走り出したのを見やって、「あの人たちも、長くは生きられないわ……」

　そして行列の方へ、

「まだ、これに乗りたい？」

　たちまちの内に、行列は消えてしまった。

「――やったね」

「あの……」

　真弓はニヤリと笑ったが……。

「何か文句ある？」

　係の男は青ざめて、

「これを……動かしてる人間も、危いんでしょうか？」

「そりゃ当然ね。——最近、やせない？」

「ええ……。二キロほど」

「今の内に離れるのよ。命を吸い取られない内に！」

まるで吸血鬼だ。

そのころ、淳一は、弥吉が高いレールの下側へ辿《たど》り着いて、具合を見ているのを、少し下から見上げ、

「——どうだ？」

と、叫んだ。

「ここが抜けてる。左右、両側でだ。これじゃ、上を通ったら、レールが外れる」

ゴーッ。ジェットコースター特有の音が近付いてくる。

「まずい！　ここへ来る」

「手伝おうか？」

「いや、一人でやれる。——あんた、危いよ。万一、脱線したら、みんな空中へ放り出される」

「僕のことはいい。やってくれ」

と、淳一は言った。

「お父さん!」

良子は、ジェットコースターを見上げていたが、父の姿を見付けてびっくりした。

「——おい、何だ、あれは?」

と、山形が言った。

「部長さん……」

「余計なことをしてくれたな……。これで、君の父さんはクビ、間違いなしだ」

「でも——」

と言いかけて、良子は口をつぐんだ。

ジェットコースターが頭上を駆け抜けようとして——激しい火花が飛んだ。

ギーッ、メリメリ、と板の裂ける音がして、それでも、何とか通過して行った。

そして——。

「お父さん!」

良子が悲鳴を上げた。

弥吉の体が、支柱の間を落ちて来たのだ。

「——やっと落ちついた」

と、真弓は息をついた。「どう?」

「ああ」

淳一は、軽く肯いて、「何とか生きてるよ」

奇跡のようなものだった。

あの高さから落ちて、死ななかったというのは……。

真直ぐに地面まで落ちず、途中、支柱にぶつかったのが、却って命を救ったのである。

「病院へ運ぶのを、まだいやがってるの?」

「うん。——話したいことがあるんだとさ」

ここは遊園地内のレストラン。

隅にテーブルを寄せ、そこに弥吉が横たわっていた。

そばで泣いているのは娘の良子。

淳一は、そばへ行って、

「弥吉さん。これが女房の真弓だよ。刑事としては一流だ」

「『しては』ってどういうこと?」

「うるさいこと言うなよ。——弥吉さん、言いたいことは、何でも聞くよ」

「ありがとう……」

弥吉は、かすれた声で言った。「すまんね……。声を大きくすると、体がバラバラになりそうなほど痛い」

「よくやったよ」

「けが人はなかったか？」

「一人だけ、ここにいる」

「俺は……いいんだ。人を殺した報いだ」

「お父さん！」

と、良子が怒ったように、「ちゃんと罪を償ったのよ！」

「ああ……。しかし、俺の中じゃ、消えちゃいない」

「弥吉さん」

と、淳一は言った。「あんたは、野坂綾子と恋仲になって、亭主を殺した。そうだね？」

「ああ」

「しかし、凶器のナイフが、ついに見付からず、裁判でも問題になった。あんた、ナイフをどうして隠したんだね？」

「別に俺は……」

「野坂綾子さんのために、隠した。そうじゃないのかい？」

「――どういう意味？」

と、真弓が訊く。

「ナイフが見付かると、犯人が実は弥吉さんじゃないことがばれてしまうから。――違うかね」

「放っといてくれ」

と、弥吉が目をそらす。

「野坂綾子さんは、亡くなったよ」

弥吉が目を見開いて、

「嘘だ」

「本当さ。今日、この中で、誰かに殺されたんだ」

「――そんなひどいことが……」

「だがね、弥吉さん。彼女はあんたを愛しちゃいなかった。分ってるんだろ?」

「どうでもいいんだ。俺が愛してりゃ、それでいいんだ」

弥吉は、淳一を見上げて、「誰がやったんだ? 分ってるのか」

「それは……」

と、淳一が言いかけたとき、

「ご苦労さん」

と声がして、良子はいやな顔をした。

山形がやって来たのだ。部下の三、四人を連れて、いやに上機嫌だ。

「やあ、神中君。どうかね、具合は？」

と、山形は弥吉に言った。

「痛いですよ」

と、ぶっきらぼうな返事。

「社長からね、君に対して、感謝状が出ている。我が身をかえりみず、乗客の命を救ったとして、マスコミにも報道される。これが感謝状と金一封だ」

てのひらを返したような言い方に、弥吉も淳一も呆《あき》れ顔。

「――待ちなさい」

と、淳一は言った。「車のトランクの乗り心地はどうでした？」

振り返った山形は青ざめていた。

「何のことだね？」

「野坂綾子は、あのナイフを欲しがっていた。それは恐らく、ナイフを調べれば、今でも犯人が綾子だと分ったはずだからだ」

「何を言っているのか――」

「放っておけば良かった。弥吉さんは一生、その秘密を抱えて行ったろう」

淳一は、首を振って、「しかし、新しい男ができた綾子さんは、弥吉さんに弱味を握られてると感じていたから、幸せになるためにどうしてもナイフが欲しかった。――綾子さんの『彼』のことは、調べればすぐに分るものですよ」

「私は……」

山形が青ざめている。

「ひどい人！」

と、良子が言った。「私に愛人になれと言っといて！」

「そうか。――それが綾子さんに知れた。それで綾子さんがここへやって来たんだね。良子さんを見に」

山形が咳払《せきばら》いして、

「私は仕事があるので……」

と、出て行こうとした。

前に立ったのは――浜田で、拳を固めて、山形を一発でノックアウトしてしまった。

「――神中さん！　早く良くなって下さいよ！」

と、浜田が言うと、

「おい」

「何か？」

「今の一発が気に入った。良子をくれてやるよ」

「――お父さん！」

「その代り、良子を泣かせたら、ただじゃおかんぞ」

「はい！」

　浜田は、しっかりと良子の手を握った。


「つまんない」

　と、真弓がふくれている。「私の出番がなかったわ」

「なあに、みごとに行列を消しただろ」

「まあね……」

　そのころ、既に、〈呪《のろ》われたジェットコースター〉の話題が、スポーツ紙を飾っていたのだが、真弓は知る由もない……。

　遊園地は、事件のことを何も知らない人たちで一杯だった。

　二人はジェットコースターの所までやって来た。

「あなた、綾子さんが死んで、タダ働きね」

「まあいい。その代り、人命救助をやったからな。後でプラスマイナスゼロにしてはくれないかもしれんが……」

「でも、問題のナイフって、どこへ行ったの？」

「いつも、弥吉さんは持って歩いてた。だから、アパートを捜したりしても、見付からないのさ」

「でも、今は持っていなかったわ」

「ああ」

淳一は肯いて、「ここをよじ上って、ねじが二本も外れてるのを見た。もう、下りて取ってくる余裕はない。――どうしたか？　弥吉さんは、ナイフを、ねじの代りに差し込んで、無事に客車を通したんだ」

「じゃ……この上にあるの？」

と、真弓は見上げて言った。

「取ってくるか？」

「私……遠慮しとくわ」

そこへ、道田刑事がやって来た。

「真弓さん！　今、弥吉さんが病院へ着きました。命は助かるそうですよ」

「良かったわ。――ね、道田君」

「は？」

「あなた、高い所は大丈夫？」

「エベレストほどでなきゃ」

「じゃあ……これを上るのなんて、簡単ね」

真弓が指さすものを、道田は見上げて、

「上って、何をするんですか？」

「踊ってくるの。――冗談よ！　ねじ穴に差し込んだナイフを持ってくる」

「おい、そりゃ無理だ」

と、淳一は言った。「どうせ、修理の工事が早速明日には入るというから、そのときでもいいだろう」

「行きます！」

と、道田が悲壮な顔で言った。

「待てよ。ちゃんと、上っていく通路があるはずだ。――おい、ちょうど良かった」

桜田陽子がやって来たのだ。

「へへ、ここの一日無料パス。十枚ももらっちゃった！」

「なあ、上に上るのは、どこを通るんだ？」

「――私、案内してあげる」

陽子が道田を連れて、乗り場の方へと向う。

「やれやれ……。道田君をあんまりいじめるなよ」

「愛のムチ、よ」

真弓は一向に気にしていない様子だった。「でも、綾子さんって人も気の毒ね。山形の方がずっと若くて、綾子さんのお金目当てだってこと、分りそうだけど」

「人間、自分のことは分らないのさ」

と、淳一は言った。

「私、自分のことはよく知ってるわ」

「そうか？」

「いかに魅力的かをね。何しろあなたに愛されてるんだから！」

真弓は、素早く淳一にキスした。

上の方からは、

「待ってくれ！　置いてかないでくれ！」

という道田の情ない声が聞こえていたのだった……。

先導が多すぎて

1

「あーあ」

と、真弓がため息をついた。「また負けちゃった」

今野淳一は、ほとんどTVの方を見ていなかったが、

「珍しいじゃないか」

と、真弓がTVを消すのを見て、「プロ野球なんか、好きだったか？」

「本来凄《すご》く強いチームが、めちゃくちゃに負けるのを見るのが面白いのよ」

「複雑だな」

と、淳一は笑って、「応援してるわけじゃないのか」

「特定のチームを応援するわけにいかないのよ」

「どうして？」

「警官は常に公平でなきゃ」

「そりゃちょっと話が違うと思うぜ」

淳一は「公平」である必要はない。泥棒が「公平」だったら、妙なものだろう。

「――あなた」

と、真弓は寝そべっていたソファからガバッと起き上った。

「何だ？」

「公平は大切よ」

「それで？」

「妻を公平に愛さなきゃ」

と、淳一へ迫っていく。

「昨日も愛したばっかりだぜ」

「だからよ！　昨日と今日で違ったら、不公平だわ」

ちょっと理屈になっていない、とは思ったが、もともと真弓にとって「理屈は後からついてくるもの」なのである。

で――もちろん、「愛は理屈を超えている」ものなのだった。

要するに、泥棒と刑事という、一風変った組み合せのこの夫婦、至って仲がいいのである。

「――やっぱり公平っていいわね」

約一時間の後、さっぱりした顔で真弓は言った。

「でも、どうして、あんなに強いチームが負けるの？」

「そりゃ、『船頭多くして、舟、山に登る』ってやつだな」

と、淳一がガウンをはおりながら言った。

「何、それ？」

「ああしろ、こうしろって奴が一杯いて、とんでもない方へ行っちまう、ってことさ。あのチームも、監督以外に色んな奴が口を出すから、攻撃もバラバラなんだ」

「へえ……。舟が山に登るの？　いくら沢山船頭さんがいても、ちょっと大変ね」

真弓は、本当に舟がえっちらおっちら、山登りしているところを、想像しているようだった……。

その女性は、ただごとでない、思い詰めた表情をしていた。

淳一は、「仕事」の謝礼を受け取るだけの用事で、そのホテルのラウンジにいたのである。

用は、二、三分ですんだ。

頼まれて物を盗むということも、時にはある。こうして謝礼を受け取って、それでもう、どこかで会っても、お互いに知らん顔をするわけだ。

「じゃ、どうも」

と、相手がお茶の一杯も飲まずに帰って行き、淳一もコーヒーカップを空にしたが、少し離れたテーブルの、その女性が気になって、何となく座っていた。

女は四十代の後半というところか。若くはないが、仕事に生きているという「張り」があって、若々しい印象だった。

それにしても、何を悩んでいるのだろう？

夜、川のほとりででも見たら、飛び込もうとしていると思ったかもしれない。

すると、

「岐子《みちこ》さん！」

と、本当に若い女の子の声がして、高校生らしい女の子がラウンジへ入って来た。

「かおりちゃん」

と、あの女性がホッとしたような笑顔になる。「もう帰ったの？」

「うん。着替えてからじゃないと、岐子さんと会いたくない」

「あら、どうして？」

「だって、岐子さん、すてきなんだもの。セーラー服なんて、いやよ」

「この地味なスーツがすてき？　いやね、私が大胆に背中のあいたドレスでも着てるところを見せたいわ」

と、岐子という女は言った。

「でも……忙しいんでしょ。ごめんね」

「私だって、お茶飲む時間くらいあるわよ。――何なの、用って？」

かおりという少女は、なぜか、口を開くのをためらっていた。

明るく振舞ってはいるが、二人とも何か引っかかるものがあって、なかなか言いたいことも言えないのだ。

かおりがココアを取って一口飲むと、やっと少し落ちついた様子で、

「お父さんの様子がこのところおかしいの。――お母さんはいつものように出歩いてばかりいるから、あんまりピンと来てないみたいだけど、私には分るの。お父さん、悩んでることがあるんだって。岐子さんなら、それが何なのか分るんじゃないかと思って」

岐子は、あまり表情を変えずに、

「工場長が？　どんな風におかしいの？」

と訊く。

淳一は、横目で二人の様子をじっと観察していた。

「前は、帰って来たら仕事のことは考えないようにして、私やお母さんとおしゃべりした

りしてたのに……。このところ、帰りも遅いし、顔を合せても、どうしてだか、仕事の話はしないし……」

かおりは、小さく首を振って、「お父さんは、心配事を家へ持って帰らない人だし、心配してることを、私やお母さんが気付かないのが嬉《うれ》しいの。ですから、正面切っては訊きにくくて。——岐子さんなら、きっと何か知ってるんじゃないかと思ったの」

淡々と、かつ理路整然と話す、かおりの問いかけには、泣いて頼まれたりするより、よほど説得力があった。

「よく分るわ。かおりちゃんは、お父さんのことが好きなのね」

と、岐子は言った。「確かに私は田原副社長の秘書だから、一般社員の知らない情報も耳にすることがあるけど……。でも、お父さんのことに関しては何も聞いてないわ」

かおりは、

「本当に？」

と言って、じっと岐子のことを見つめた。

「本当よ。——信じて」

それに続く沈黙は、聞き耳を立てている淳一にも、痛いほど張りつめたものだった。どっちも「真剣」だ。

ある意味では、刑事と凶悪犯の撃ち合いにも劣らない「真剣勝負」だった。

そして――急に少女の方が立ち上ると、何とスタスタと淳一の方へやって来たのである。

そして、ぺこりと頭を下げると、

「お願いがあるんですけど」

と言った。「私のこと、抱いてもらえませんか」

これには淳一もびっくりしたが、岐子という女性も飛び上るほど驚いた。

「かおりちゃん！　何を言ってるの！」

「岐子さん、私のしたいようにさせて」

と、かおりは振り向いて言うと、淳一の方へ、

「私のこと、抱いて下さい。このホテルでもいいし、外でもいいです。お金いりません。

それに、私、初めてだから、病気の心配もありません」

はっきりした声だが、そう大きくないので、ラウンジの他の客は気付いていない。

淳一は、かおりという少女と、目を丸くしている岐子という女性を見比べて、

「――君の席へ戻りなさい。僕がそっちへ加わろう」

と言った。

淳一は、二人と一緒のテーブルにつくと、

「話は聞こえていましたよ」

と言った。「岐子さん――といいましたかね」

「山倉岐子と申します」

名刺をもらって、見ると、〈K化工（株）山倉岐子〉とある。

「それで、こっちの娘さんは、工場長のお嬢さん？」

「はい。かおりちゃんは、水田工場長の娘さんです。水田さんの奥様――かおりちゃんのお母さんが私と古い友人なんです。伸子さんといって」

「なるほど。で、あなたは独身？」

「はい」

「副社長の秘書とか」

「田原副社長の秘書をしています」

「そうですか。――このかおり君の、さっきの大胆な行動ですが、どうやら、あなたに子供扱いされたくないということのようですね」

「子供扱い、って……」

「あなたは何か知っていて、しかし言えない。それが田原という副社長とあなたの関係の、せいだと、かおり君は思ってる。そうじゃないかな？」

「関係って……」

「岐子さん。私、知ってるわ」

と、かおりが言った。「子供じゃないもの。分るわ。誰からも聞いたわけじゃないけど、分る」

　岐子は、ちょっと目を伏せ、息をつくと、

「――分ったわ」

　と言った。

「何があったの？」

「これは……水田さんしか知らないことだけど、あの工場を閉鎖しようって話が出ているの」

「閉鎖？」

　と、かおりが思わず腰を浮かす。「じゃ――なくなっちゃうってこと？」

「まだ決ったわけじゃないのよ。そういう話が出ているってことなの」

「それを、副社長の田原という人から聞いた、というわけですか」

　と、淳一は言った。

「はい……。かおりちゃん。でも信じてね。田原さんと何もなくても、このことは、まだ話しちゃいけないことになっているから」

「分りました。無理言って、ごめんなさい」

　少女の方も素直で、気持がいい。

「本当に、どうかしたのかと思っちゃった」

と、苦笑する。「いい方《かた》で良かったわ」

「それはどうも」

と、淳一は微笑《ほほえ》んだ。

「私、このおじさんならいいわ。私の好み」

と、かおりが言って、

「ちょっと！」

と、岐子ににらまれている。

「工場閉鎖か。——下請けを含めて、影響が大きいでしょうね」

と、淳一は言った。

「ええ、そこが一番……。でも、上の人は、そんなことまで考えてくれませんから」

「どうなっちゃうの、閉鎖したら？」

「水田さんは、本社のどこかへ移るでしょうけど。でも、残りの大部分は失業ってことになるわね」

かおりは首を振って、

「お父さん、他の人を辞めさせといて、自分だけ本社勤めなんて、絶対にしないよ」

と言った。

そう。たぶん、この山倉岐子という女性も、そのことを分っているのだ、と淳一は思った。
それにしても――この席に真弓がいなくて良かった！　いたら、流血の惨事（?）になっていたに違いない……。

2

「全く！」

と、真弓が言った。「どうして気がきかないのよ！」

「す、すみません！」

道田刑事が、車を運転しながら、首をすぼめる。

淳一が言った。

「おい、道田君に文句言っても仕方ないだろう。道田君は、事件が起って呼びに来ただけなんだから」

「分ってるわ。誰も怒ってなんかいないわよ！」

と、真弓が怒鳴った。

「それでも怒ってないのか？」

「怒ってるのは、こんな時に人を殺す犯人によ。道田君に怒ってるわけじゃないわ」

「それなら、そうはっきり言えよ」

「いえ、いいんです」

と、道田刑事は感動している様子で、「僕を傷つけまいと気をつかって下さる、真弓さんのやさしさが、心にしみます」

——どっちもいい勝負だ。

淳一は、深夜の町並を窓から眺めた。

淳一と真弓は、真夜中の十二時過ぎ、レストランで遅い夕食をとっていて、呼び出された。

殺人事件というのだから、真弓が駆けつけるのは当然として、淳一は本来なら遠慮するべきところ。

しかし、道田から現場が〈K化工〉の本社ビルと聞いて、一緒にやって来たのである。

あのホテルのラウンジで会った、山倉岐子と水田かおりの二人。そして、あのとき目にした〈K化工〉の名を憶えていたのだ。あれが十日ほど前。

「道田君、被害者の身許《みもと》は分ったのかい？」

と、淳一は訊いた。

「いえ。でも、K化工の社員だということですから、すぐ分るでしょう。発見したガードマンの話だと、たぶん、偉い人の秘書じゃないかということです」

いやな予感はどうやら当りそうだ。

淳一は少し難しい顔になって、腕を組んだ。

車は、オフィスビルの並ぶ通りへ入って来た。もちろん、真夜中なので、閑散としている。

「もうじきです」

と、道田が言った。「この先を左へ曲ると――」

「停めてくれ！」

と、淳一が鋭い声で言って、車は急ブレーキで停った。

「危いじゃないの！」

前につんのめって、ヘッドレストに顔をぶつけた真弓が言った。「何なの？」

淳一は、じっと外の暗がりを見ていたが、

「――いや、錯覚だったらしい。すまんね、びっくりさせて」

と、座り直した。「やってくれ」

すぐに車は、パトカーが何台も停ったビルを見付けて、そばへ寄せた。

「現場は、地下の倉庫です」

道田が先に立って、ビルの中へ入る。

ロビーに明るく光が溢《あふ》れ、まるでまだ勤務時間中であるかのようだった。

階段で一階下りて、地階へ出ると、

「――倉庫の中なんです」

「倉庫？　妙な所で殺されたのね」

かなり広い倉庫で天井も高く、手前には机と椅子を並べたスペースも作られている。

――死体を一目見て、淳一には分っていた。間違いなく山倉岐子である。

段ボールやファイルの並んだ棚と、手前の細長いテーブルの間に、冷たいコンクリートの床へ突っ伏すようにして、山倉岐子は倒れていた。

「後頭部を何かで殴られたようですね」

と、道田が覗《のぞ》き込んで言った。

淳一は、一応部外者なので倉庫の入口辺りに立って様子を見ていたが、

「何だ、一体？」

と、怒ったような声に振り向いた。

「お客さんらしいぞ」

と、淳一は言った。

「何があったんだ？」

気むずかしそうな顔の男が、倉庫の入口に姿を見せて、「――あれは山倉君か？」

「失礼ですが」

と、真弓が声をかける。「どなたです？」

「私は——このK化工の副社長、田原です」

「あの女性をご存知ですか？」

「もちろん！　私の秘書の山倉岐子君です。——死んでいるんですか？」

「他殺らしいんですがね」

「他殺？　しかし……こんな所で」

淳一は、田原という副社長の反応を見ていたが、ちょっと首をかしげた。恋人を殺されたという印象ではない。

「犯人の心当りは？」

と、真弓が、大して期待していない調子で訊くと、

「決ってます」

と、田原は答えたのだった。「組合の奴らですよ」

「組合？」

「そうです。こんなことをするのは組合の奴に決ってる」

「待って下さい」

と、真弓は止めて、「何か具体的な根拠あってのお話ですか？」

「ま、根拠といっても……」

と、田原が詰《つま》る。

「つまり、勘ですね」

「そうそう。直感というやつです」

どうも、いい加減なところの目につく男である。

あのしっかり者の山倉岐子が、この男と「恋仲」だったのだろうか？　本当に？

淳一には、ちょっと信じられなかった。

「ここで、山倉さんと待ち合せていたんですか？」

と、真弓が訊く。「夜中に、しかも地下の倉庫で？　いささか風変りですね」

「ここが一番話も洩《も》れず、安全だからです」

「何か秘密の会合でも？」

「ええ。——その内やってくるでしょう」

と、田原が言うと、一旦外へ出ていた道田が戻って来て、

「あと二人、来ています」

と、真弓に告げた。

「通して」

——淳一は、倉庫の中をゆっくりと歩いていた。

泥棒として、長年培って来た直感というものがある。目に見えない電波が張りめぐらさ

れているのを感じるような……。

この中には、何かがある。

「――田原さん、何ごとです？」

と、入って来た二人の内、いかにも態度の大きい一人が文句を言った。「警察沙汰になるようなことが――」

「山倉君が……」

「これは！」

と、その男もびっくりした様子。「何てことだ！」

「死んでるんですか？」

と、もう一人が言った。

「――刑事さん、こちらは、K化工のメインバンク、K銀行の工藤さんです」

と、田原が紹介する。「そして、我が社の水田工場長です」

淳一は振り返って、水田かおりの父親を見た。

技術畑の出身だろう。工場長といっても、作業服の方が似合いそうである。

「困ったことになったね」

と、工藤が言った。

「いや、これで負けてはいられません。組合と対決して行かなくては」

「待って下さい」

と、水田が言った。

「組合の人間が、山倉君を殺したとおっしゃるんですか？　いくら何でも――」

「水田さん、我々の行動を敵視して、〈断固阻止する！〉と書いていたのは組合ですぞ」

「それはそうですが、田原さん、あなたもご存知でしょう。組合というのは、そういう言い回しをするものです」

「しかし、現にこうして――」

と、やり合っているのを聞いていた真弓、ついに爆発して、

「いい加減にして下さい！」

と叫んだ。

むろん、ピタリと話が止んだ。

「ともかく、事情をお聞かせ願えますか？」

と、真弓は穏やかに言った……。

「――じゃ、工場閉鎖の話し合いを？」

と、真弓は言った。

「ええ、そうです」

田原が肯《うなず》いた。「このメンバーで、ここで集まって話し合っていました。今夜で三回目になりますか」

「どうしてこんな時間に？」

「忙しいからです。それに、この時間なら、ビルに人はいない」

「つまり、工場閉鎖について、社員に知られたくなかった、ということですね」

「組合がやかましいのでね」

と、田原が肩をすくめる。「我々で話をじっくり詰めておこうということにしていたのです」

田原は、心配になった様子で、

「これで、マスコミに工場閉鎖の件が洩れたりしませんよね？」

「しゃべりはしませんが、こんな時間に、殺された山倉さんが何をしていたのか、みんな疑問に思うでしょうね」

「それでも、閉鎖の件については黙っていて下さい！　ここで洩れたら、事を荒立てられるだけだ」

――山倉岐子の死体が運び出される。

しかし、田原はそっちを見ようともしなかった。

じっと目で追っていたのは、水田の方だったのである。

「K銀行の名が出るのも困る」

と、工藤が言った。「あくまで、これは水面下の話ですからな」

結局、真弓は役に立ちそうな話など全く聞けず、三人を帰した後、カッカしているばかりだった。

「——自分勝手な奴ばっかり！」

「まあ落ちつけ」

と、淳一は言った。「あの水田って工場長は、ショックを受けてたぜ」

「いくらか人間らしかったわね」

と、真弓も肯いた。「でも——」

「ここは一旦、閉めるのか？」

「そうするわ。どうして？」

「いや……」

淳一は、倉庫の中を見回して、「ちょっと留守番してみようかと思ってさ」

3

静かにドアが開いた。

当然、殺人現場なのだから、立入禁止のテープが入口の所に張られているが、その背の高い男は、長い足でテープをまたぐと、倉庫の中へ入って来た。

もちろんドアが閉ってしまえば真暗になるので、男は明りを点《つ》け、ちょっと心配そうに左右へ目をやった。

三十代の半ばくらいか、がっしりとした体つきだが、長身で、モデルにでもしたいような男性である。

男の目は、床に向いた。——コンクリートの床に描かれた白い人の形。

男はその傍に立つと、膝をつき、そっとコンクリートの床に手を触れた。

そして——声を押し殺して、泣き出したのである。

そう長く続いたわけではない。ほんの二、三分で、気を取り直すと、男は立ち上って、脚立を持って来た。

そして、段ボールの積まれた棚の一つに上って、その支柱になっている鉄骨の裏側を探ると、何か小さな黒い箱のような物を取り外したのである。

「そこだったのか」

と声がして、びっくりした男は、

「ワッ！」

と声を上げて脚立から落っこちてしまった。

「びっくりさせたかな」

と、淳一は笑って、「どこかに隠しマイクがあることは分ってたが、捜すのも面倒でね。教えてもらうことにしたんだ」

「あんたは？」

と、男が立ち上って、「何してるんだ、ここで？」

「怪しい点じゃ、お互い様だろ」

と、淳一は言った。「君はこの社の人かね？」

「野田というんだ。野田裕一」

「察するところ、K化工の組合の――」

「書記長だ」

「なるほど」

淳一は肯いて、「それで、工場閉鎖に関する秘密会議の内容を盗聴してた、というわけだね」

「本来、社員にすべてを知らせるべきことなんだ。知る権利がある！　盗聴なんかじゃない！」

「僕に主張することはないよ」

と、淳一は言った。「僕は会社側の人間でもないし、刑事でもない。今野淳一、と名前だけ言っておこう。野田君だったね。――亡くなった山倉さんとは親しかったのか」

　野田は、少し迷っていたが、

「泣いているのを見られたんじゃ、隠しても仕方ないですね」

と、穏やかに言った。「あの人のことが好きでした。――十歳も年上だったけど、本当に思いやりのある、すてきな人だった」

「それは、彼女の方も君を好きだった、ということかな？　つまり――」

「ええ、ここ一年は、時々二人きりで会っていましたよ」

「間違っていたら悪いんだが、田原副社長と彼女とは？」

「もう大分前から――田原が課長のころからです。山倉さんは、ずっと日かげの身で、田原を支えて来ました。ところが、副社長になったころから、田原は急に山倉さんに冷たくなって、若い恋人を作ったりするようになりました」

　よくある話だ、と淳一は思った。

「それで、彼女は君たち組合に味方する気になったんだね」

「でも、僕とのことと、工場閉鎖についての情報を流してくれていたことは全く別ですよ」

と、野田は強調した。「工場閉鎖については、彼女も怒っていたんです。工場で働いてる社員だけじゃない。家族と、下請けの何十という企業、全部、共倒れですからね！」

「それで、ここへ隠しマイクを付けろと君に提案した」

「よく分りますね。その通りです。こんな形で極秘の会議を開いてるなんて、誰も思いませんからね」

「大体のところは分ったよ」

と、淳一は言った。「あのK銀行の工藤っていうのは？」

「あれは数字第一主義の男です。工場長の水田さんが一番辛《つら》い立場でしょう。一介の技師から叩《たた》き上げた人で、それだけ現場の空気もよく知っています。悩んでいますよ。口外することもできないし」

「すると、水田さんは閉鎖に反対」

「もちろんです！　ただ、正面切ってそう言えないでしょう。家族のことを考えると……。特に娘さんはまだ高校生だし」

淳一は、チラッと野田の目がそれるのを見ていた。

「――犯人の見当は？」

と、淳一が訊くと、

「田原本人でないとしても、田原の息のかかった誰かじゃないでしょうか。きっと、彼女が僕らに色々情報を提供しているのを知って……」

「それはどうかな。田原にすれば、山倉さんをクビにするか、全く別の部署へ移してしまえばすむことだ。むしろ動機があるとしたら、彼女が君へ心を移したせいじゃないのかね」

「だって、もう捨てたも同然だったんですよ！」

「他人が拾うと、惜しくなるものさ」

淳一は、ちょっと考えて、「たぶん、田原の考えでは、この事件を組合の陰謀と言い立てて、一気に工場閉鎖をやってしまおうというところじゃないかな」

「そんな……。そんなことは許さない！」

と、野田は顔を真赤にして、「彼女の死をむだにしないためにも――」

「まあ、落ちついて」

と、淳一は言った。「少なくとも、もうここじゃ会議ができなくなったわけだ」

「どういう意味です？」

「君が呼びかければ、組合の連中は力になってくれるか？」

「そりゃ、もちろん！　ストやデモなら――」

「いや、そういうことじゃないんだ」

と、淳一は微笑《ほほえ》んで、「亡くなった山倉岐子さんも、無用な争いは好まなかったと思うよ」

「でも……」

「見ていたまえ」

淳一は、野田の肩を叩いて言ったのだった……。

「お父さん」

ドアが開いたのにも、水田はしばらく気付かなかった。

「――かおりか」

と、息をついて、「どうしたんだ。もう夜中だぞ」

「お父さんこそ」

水田は笑って、

「父さんは、昔から夜中まで働いて平気だったもんさ」

「昔はね。でも、今は違うよ」

家の中にも製図板を置いている水田は、それに向っているときが、一番落ちつくのである。

「――工場を閉めるの」

と、かおりが言ったので、水田はびっくりして、

「どうしてそんなことを――」

「山倉さんに聞いた。お父さんが悩んでるってことも」

かおりは父の肩を抱いて、甘えるように頭をのせた。

「そうか……。父さんは、工場で働くみんなの気持がよく分る。たとえ、他の仕事を見付

けても、少しもやりがいなんか感じないだろうな」

「じゃ、閉鎖に反対したら？」

「ああ……。しかし、工場長の身で、会社の方針に逆らったら、どうなるか……」

「クビ？」

「それと同じだろうな。お前やお母さんに苦労をかけることになる」

「いいよ、そんなこと。私たちのことなんか気にしないで」

「かおり……」

水田は娘の白い手を、ごつい、大きな手で包んだ。

「——三日後に、K銀行の工藤さんが工場を見に来る。その結果で、工場にお金を貸してくれるか、それとも閉めるか、決ることになった」

「三日後？」

「うん。——胃が痛いよ」

と、水田はちょっと笑って、「母さんに、このことは黙ってるんだぞ」

「うん」

と、かおりが肯いて、「じゃ、もう寝るね」

と、父の部屋を出ようとして、

「キャッ！」

と、声を上げた。

目の前に立っていたのは——淳一だった。

「誰だ!」

と、水田が身構える。「かおり、退がって!」

「いや、我々は仲よしなんですよ。ね、かおり君」

「あ……」

かおりが頰《ほお》を赤く染めた。

「水田さん、今のお話を聞いて、ちょっとお手伝いしたいと思ったんですがね」

「何だって?」

「お父さん」

と、かおりが言った。「この人、いい人だよ。山倉さんの知り合いで」

とっさのことでそう言ったのが、水田の態度を和らげた。

「——何をしようとおっしゃるんです?」

と、水田は言った。

「工藤という銀行のお偉方ですが、工場へ来るのは初めて?」

「ええ、数字にしか関心のない人でして、数字を見れば、どの企業も分る、といつも言っています」

と、水田は苦笑して、「人間が働いてるってことを、忘れてるんです」

「では、その当日、工藤の案内を僕に任せてくれませんか」

と、淳一は言った。

「あなたに？」

「一人で案内して回ります。船頭が多いと、舟が山に登りますからね」

と、淳一は言った。

4

工藤の車は工場の門を静かに入って、停った。

「お待ちしておりました」

と、淳一はパリッとした背広姿で言った。

「――何だね、これは？」

と、工藤は車を降りて、「出迎えもないのか。水田君はどうした？」

「仕事が忙しくて、手が離せないので」

「何だと？　今日が何の日か――」

「工場にとっては、日ごろの仕事をこなすことが第一です。工藤さんも、特別に歓迎のためにいつもと違う状態を見て回られても、ご判断の妨げになりましょう」

工藤もそう言われると、

「うん……。まあそうだが……」

と、言わざるを得ない。「しかし、工場長が働かなきゃならんほど忙しいのかね」

「今日になって、急に東ヨーロッパの某国の使節団が、ぜひここを見学したいと言ってみえまして、工場長はその応対に追われております」

「ほう」

「ではどうぞ。お車で回りますか？」

「いや、歩く。中が見られなくては仕方ないからね」

「かしこまりました」

「では、ご案内いたします」

正面の建物へ入ると、淳一は、
ともう一度頭を下げた。

——工藤は、三十分もすると、すっかり息切れしてしまった。

「こんなに広かったのか？　予想していた規模の何倍もある」

案内の男の話がでたらめでないのは、途中、水田が外国人のグループ七、八人を連れて説明して回っているのに出会ったので、分った。

工藤は、某国大使の名刺をもらい、英語で話しかけられ、冷汗をかいたりした。アメリカにしばらく行っていたが、もう大分たつので、言葉が出て来ない。

「工藤さん、後ほど」

と、水田は会釈して、すれ違って行った。

――案内の男について、廊下を右へ左へ、どんどん進んで行く。

ガラス越しに見える工場の内部は、誠に手入れも行き届き、工員の作業服は白くまぶしいようだった。

工藤は几帳面《きちょうめん》なので、廊下にチリ一つ落ちていないこと、すれ違う女子工員も、清潔そのものなのに好感を持った。

「少しお休みになりますか」

と、案内の男が言った。「今、半分ほど見ていただいたところですが」

「半分かね、これで！」

と、息をついて、「じゃ、一息つこう」

「休憩室はこちらです。工員と一緒で申しわけありませんが」

ドアを開けると――中は緑の観葉植物が一杯で、空気が爽《さわ》やかだった。

数人の女の子たちが、にぎやかに笑い声を立てている。

「セルフサービスでして。コーヒーかお紅茶でも？」

「じゃ、コーヒーにしてくれ」

と、椅子にかけ、工藤はついタバコを取り出したが――。

別に〈禁煙〉と書いてあるわけではないのに、空気があまりにきれいで、結局すわずにポケットへ戻してしまった。

「――どうぞ」

と、コーヒーがちゃんとカップで出てくる。

「ありがとう」

工藤は一口飲んで、思わず、「――これは旨い」

と言った。

コーヒー通で、やかましい工藤は、まずどこのコーヒーでも、「旨い」と思うことはない。

「お気に召しましたか」

「うん。――この豆は？」

「取引先の南米の方が、特に送って下さるのです。工場長が、それを一人で飲んでいては惜しいと言いまして」

「そうか……。疲れがとれる。これでなくてはな」

と、工藤は肯いた。

「——ああ、すっかりお時間を取らせてしまいまして、手ぎわが悪くて申しわけありません」

と、腕時計を見て、「次のご予定が——」

「ああ、いや、もう充分だ」

工藤はコーヒーを一滴残さず飲み干すと、「旨かった！　——これでもう引き上げることにするよ」

「ですが、まだ仕上工程が——」

「いや、もう充分に見た」

と、工藤は肯いて、「立派な工場だ。数字だけから想像していたのとは大違いだったよ」

「恐れ入ります」

工藤は、案内されて、正門前の車まで戻ると、

「水田君に伝えてくれ。こんなすばらしい工場によくしてくれた、と。——ここを閉鎖するなんて、とんでもない話だ。田原君にそう言っておく」

「ありがとうございます。工場長へ必ず伝えます」

車が静かに出て行き、淳一は、車が見えなくなるまで見送っていたが……。

「やれやれ！」

と、息をつく。

水田がやって来た。

「どうでした？」

「大成功です」

と、淳一は肯いた。「ここは絶対に閉めないそうです」

「ありがたい！」

と、水田は汗を拭《ぬぐ》った。

「同じ建物の中をグルグル回ったんですが、全く気付いていませんでしたね。小道具、大道具の方たちはご苦労だったでしょう」

臨時に雇ったアルバイトの「工員」や「使節団」がゾロゾロ出て来た。

「前もって、工藤の性格や好みを調べておいたのが役に立ちました」

と、淳一は言った。

「何とお礼を申していいか……」

「いやいや。ですが、水田さん。工藤がまたいつかやってくることもあります」

「分っています。あなたの作った理想像に、少しずつでも近付けて行きます」

「それじゃ」

と行きかける淳一へ、

「あの――何かお礼を」

と、水田が言った。

「そうですね……。じゃ、あの特製のコーヒー豆をいただいて帰りましょう。特別に調製してもらったものですからね」

と、淳一はニヤリと笑って言った。


「――誰が来るっていうの？」

真弓は、あの地下倉庫に来て、ふくれっつらをしていた。

「犯人さ」

と、淳一は言った。

「犯人？」

ドアが開いて、野田が入って来ると、

「さ、君も」

と促され、水田かおりがおずおずと入って来る。

「――淳一さん、ありがとう」

と、かおりは言った。「お父さん、凄く喜んでます」

「約束しただろ？　今度は君の番だ」

「はい」

と、かおりは肯いて、「山倉岐子さんを殺したのは、私です」

真弓が目を丸くする。

「——殺す気じゃなかったんです、もちろん」

と、かおりは言った。「私、この野田さんのことが好きで……。うちへ何度か遊びに来たことがあって、憧れてたんです。——あのとき、お父さんの電話を聞いて、ここで夜中に会合があると知って、早くから中へ忍び込んで待っていました」

棚の方へ目をやって、

「それをよじ上って、ずっと上の方の棚で腹這《はらば》いになっていると、下からは見えませんから。そしたら、時間が早いのに、岐子さんが入って来て、それから……」

と、口ごもる。

「僕と待ち合せていたんです」

と、野田が言った。「ほんの十分ほどですが、ここで話をし——キスしたのを、見ていたんですね」

野田が言いながら真赤になる。

「私、ショックでした。岐子さんは田原さんと——。そう思っていましたから。しかも相手が野田さんで……」

と、かおりは言った。「野田さんが出て行くと、私、下を覗こうとして、棚にあった小さな箱を落としてしまったんです」

「それで、岐子さんが気付いて？」

「『誰かいるの？』って呼ばれました。私、必死で奥の方へ引っ込もうとして——。却《かえ》ってそれがいけなかったんです。その棚の重い木箱を、押してしまっていました。それが落ちて、たまたま真下に岐子さんが……」

かおりは涙ぐんだ。

「分ってるよ」

と、野田がかおりの肩に手をかけて、「僕も近くにいたので、凄い音がするのを聞いて、びっくりして戻って来たんです」

「私……呆然《ぼうぜん》として……」

「岐子さんはまだ意識があって、『かおりちゃんのせいじゃない』と言いました。『箱を片付けて、早くここを出るのよ』と……」

「そしてこと切れた」

「そうです。——もう亡くなっているのは分ったので、泣いているかおり君を下ろし、岐子さんに当った木箱を全く別の棚へ片付けて、ここを出たんです」

「ごめんなさい」

と、かおりは真弓に頭を下げた。「本当のことを言ったら、お父さん、工場のことどころじゃなくなるから……。何もかもすんだら、ちゃんとお話しするつもりでした」

「分ったわ」

と、真弓は肯いて、「事故ですもの、そう心配することないわ」

「はい」

かおりはやっと笑顔になった。

——真弓とかおりが出て行って、淳一は、

「野田君」

と言った。「君は知ってたんだろ？　山倉岐子さんと、水田工場長のこと」

「それは……」

野田が目を見開いて、

「水田さんが、死体の運び出されるのを見送っていた顔は忘れられない。——かおり君が、上から覗き見たのは、岐子さんと父親の姿じゃなかったのか」

野田は、軽く肯いて、

「実は……そうです。事故の直後に駆けつけたのは僕ですが」

「それは言いたくなかったんだな」

「やさしい子なんです。娘が知っていたと分れば、水田さんは自分を許せないでしょう」

「そうだろうな。——このことは、胸にしまっておこう。岐子さんもそう望んだだろうし」

「ありがとうございます」

と、野田は言った。「でも、ふしぎな人ですね。淳一さん、本業は何ですか？」

淳一はちょっと詰ったが、

「——まあ、広い意味のボランティアみたいなものかな」

と言うと、野田の肩を叩いて、一緒に倉庫を出て行ったのだった——。

帯に短し、助けに流し

1

「旦那、いかがです、一曲？」

ギターを抱えた男が、テーブルの傍に立った。

「何だ」

と、顔に大きな傷あとのある五十がらみの男性客がニヤリと笑って、「流しか。今どき珍しいな」

「大事な話の最中だ。向うへ行け」

向かい合って座った小柄な男は、苛々《いらいら》した様子で、流しの男を追い払おうとしたが、

「まあ待て」

と、傷のある方の男がたしなめるように言った。

「昔はよく聞いたもんだ。――お前、いくつだ？」

「三十六ですが……」

「若いな。じゃ、『湯の町エレジー』なんて知らねえだろう」

「知ってますよ！　あれが歌えなきゃ、流しはやれません」

「いいこと言うぜ！　よし、やってくれ」

と、座り直す。

「小倉さん――」

「そう焦るなよ、千田さん。一曲、ほんの数分のこった」

小倉と呼ばれた、顔に傷のある男は、流しの方へ体を向けて座り直した。

千田という小柄な男は、諦《あきら》めたようにため息をつく。

――二人とも、黒っぽいスーツにネクタイ。まるで葬式帰りのようで、この居酒屋には何となく似合ない男たちだった。

ギターが前奏を奏で、流しが歌い始める。

「――古いねえ」

と、他の席の客から声が上った。

小倉は、じっと目を閉じて、その歌に聞き入っている。千田は苛々とタバコに火を点《つ》けたが、小倉にジロッとにらまれて、あわてて灰皿へ押し潰《つぶ》した。

——歌はなかなかのものだった。ギターの腕も確かで、きちんと歌を自分のものにしていた。

歌い終えると、店の中にごく自然な拍手が起った。

小倉は、じっと目を閉じていたが、やがてゆっくりと目を開けて、

「——良かったぜ」

「ありがとうございます」

「取っとけ」

小倉はポケットから折りたたんだ札を出すと、ギターの穴へ入れた。

「どうも……。もう一曲、いかがです」

「いや、仕事の話がある」

と、小倉は言った。

そのとき、居酒屋の戸が開いて、

「いいかしら？」

と、若い女が顔を出す。

「どうぞ。何人様ですか？」

「五、六人」

と、その女性は入って来て、「奥のテーブル、いい？」

「はい、どうぞ」

女は、流しの男とすれ違って、

「ごめんなさい……」

と、小倉たちのテーブルのわきを通り、奥へ入って行く。

そして振り向きざま、

「動かないで！」

と叫んだ。「両手をテーブルに！」

女の手に拳銃が握られていた。

同時に、店の中へ刑事が数人、飛び込んで来る。

「——何ごとだい」

小倉は落ちつき払っていた。

「小倉隆二。殺人容疑で逮捕状が出てる」

と、刑事が言った。

「道田君、千田の懐を」

と、女が言った。

「女刑事さんか」

と、小倉はニヤリと笑って、「美人だな。同じ逮捕されるなら、こういう刑事さんがいい」

　むろん、おなじみの今野真弓刑事である。

「分ってる？」

　と、真弓は小倉へ言った。「それってセクハラよ」

　真弓の部下、道田刑事が、千田の上着の中から少しふくらんだ封筒を取り出した。

「真弓さん、ありました！」

「開けてみて」

　しかし、開けるまでもなく、千田は真青になって、

「そんなもの、俺は知らねえ！　いつの間にかポケットに入ってたんだ」

　と、無茶を言っている。

　封筒を開けると、中から小さなビニール袋に分けた白い粉が五、六袋も出てくる。

「残念ながら、白砂糖じゃなさそうね」

　と、真弓はニッコリ笑って、「千田圭介さん。同行していただくわよ」

「畜生！　何してやがるんだ！」

　と、千田がかんしゃくを起す。

「子分たちのこと？　気の毒に、みんな悪いもんを食べたみたいで、全員この先の公衆トイレに駆け込んでるわ」

と、真弓が顔をしかめて、「足りないからって、女子トイレにまで入ってるのよ。これも一種のセクハラね」

小倉は愉快そうに、

「面白い刑事さんだ。――じゃ、行くかね」

と言って、両手を差し出した。

「いい覚悟だわ」

真弓が肯《うなず》いて見せると、道田が小倉の手首へガシャリと手錠をかけた。

――もちろん、店の他の客たちは、ただ呆気《あっけ》にとられているだけだった。

「――何を言ってるのか分らないよ」

と、今野淳一は言った。

大声ではない。むしろ小さな声で言った。

というのも、いくら大きな声を出しても、相手に聞こえっこないからだ。

隣の席に座った男も、ただ肩をすくめているばかりだったが、

「後で」

と、口を大きく開け、口の形で何度もくり返して分らせると、いい加減くたびれた様子で、ステージの方へ目をやった。

淳一は、四、五千人も入る大ホールに、耳をつんざく大音響が溢《あふ》れ、満員の客がほとんど初めから総立ちで手拍子を取っているのを見て、首を振った。

どんな曲なのか、何を歌っているのか、さっぱり分らないのである。

まあ、世の中、音楽の好みも色々だが、こういう「音楽」でない「音」が、こうして大勢の若者を集めているのは、ふしぎな光景だった。

ガーン、とエレキギターの大音響が空気を震わせて、曲が一つ終ったらしい。

ステージを飛びはねている豆粒ほどの女が、〈ミキ〉という名のロックシンガーらしいということは、淳一にも辛うじて分った。

「——凄《すご》いですね」

と、隣の男が言った。

「この次から、相談はもう少し静かな所でするよう——」

と言いかけたが、また次の曲が始まったので何も聞こえなくなってしまった……。

アンコールを二曲やって、〈ミキ〉はステージの袖に引っ込んだ。

「お疲れさん」

と、声が飛び交う。

ミキは、全身水でも浴びたような汗だった。

衣装も、つなぎの革のスーツ。見た目はともかく、猛烈に暑い。

「ミキちゃん」

と、スタッフの一人が、声をかける。

「はい？」

ステージでまぶしいライトを浴びていたから、目がくらんで、袖の暗がりではよく見えない。よく階段で足を踏み外したりする。

「楽屋に今、みえました」

それを聞くと、ミキの顔がパッと明るくなった。

「本当？」

ニコニコして、楽屋へと急ぐ。

ドアを開けると、椅子にかけていた男が、ギターをひく手を止めた。

「やあ、お疲れさま」

「来てくれたのね！　聞いてた？」

「このモニターでね」

と、小さなTVへ目をやって、「あの大音量にはついていけない」

「商売よ。私だって、あなたのギターを聞く方がどんなにいいか」

「シャワー浴びて来いよ。凄い汗だぞ」

と、君原浩太郎は言った。

「待っててね」

と、ミキはタオルをつかんで、奥のシャワールームに消えた。

君原はギターを適当に爪弾《つまび》いていたが、

「あ、そうだ」

と、ギターの中に放り込まれたお札を取り出した。

「今夜はまあまあだな」

と、呟《つぶや》く。

流しといっても、むろん勝手にやっていいわけではない。縄張りがあり、きちんとそこを仕切っている人間に許しを得なくては、営業して歩くことはできないのである。そして、毎晩の稼ぎから、決った分を納める。――「保険金」のようなものだ。

「こいつは……あの客だな」

一万円札を広げて、ニヤリとする。

目の前で手錠をかけられて行った、顔に傷のある男。――見るからに、まともな仕事についている男でないのは分ったが、警察沙汰になるほどとは思わなかった。

しかし、一万円は一万円。金の値打は変りがない。

ミキが早々とシャワールームから出て来た。

ごく当り前のセーターとスカート。メイクも落としてしまって、とてもこれがロックシンガーの〈ミキ〉とは思えない。

君原美喜。これが本名で、浩太郎の妻である。

ちょうど一回り浩太郎より若い二十四歳。——二人を結びつけたのは「歌」だが、夫は「流し」、妻はロック、と正反対の方へ行ってしまった。

それでいて、二人の仲はいいのだ。事情を知っている人間はごくわずかだが、その誰もがふしぎがる。

夫の稼ぎはたかが知れている。美喜は、ロック界のスターで、その収入は夫の何百倍——いや、何千倍かもしれない。

それでも、美喜は浩太郎が本当に演歌が好きで、そして「流しこそ演歌本来の姿」と信じていることを知っている。そして、そんな夫を愛しているのである。

「——そろそろ、お客も帰ったころね」

と、少し時間を潰して、「帰りましょうか」

「ああ」

二人は楽屋を出た。

何しろ大きなホールなので、まだ帰っていく客はいたが、誰も美喜のことに気付かない。

「今夜、大変だったよ」

と、思い出した浩太郎が、居酒屋での捕物劇の話をすると、

「怖いわね。巻き添えにならないでね」

と、美喜が夫の腕を取る。「今は物騒ですものね、盛り場が」

「心配するな。道を歩いてたって、車にはねられることはある」

「そりゃそうだけど……」

と、美喜は不安そうだ。

ホールを出て、表通りまでの遊歩道には、コンサートの客を当てこんだ小さなアクセサリーなどを売る出店が並んでいる。

中には、今のコンサートの写真をすぐ焼付けて〈生写真！〉として売っているのもいた。もちろん違法なのだが、取り締るといっても難しいのだ。

「自分の写真を売ってるのって、何だか妙な気分」

と、美喜が笑って言った。「――あ、ちょっと待って」

何やら、安っぽいキラキラ光るネックレスやブレスレットの類を売っている。

美喜は、その中の金色の鎖をいくつかより合せて彩色したベルトを手に取った。

「これ、すてき。――買っていい？」

浩太郎はつい笑ってしまう。わざわざ夫に訊くのが、美喜らしいところ。

「よし、今夜は稼ぎが良かったんだ。俺が買ってやろう。いくらだ？」

「二千円です」

と、長髪の、生気のない若い男が答えた。

原価はせいぜい四、五百円のものだろう。しかし、美喜が気に入っているのなら、それでいい。

「じゃ、これで」

と、浩太郎がさっきの一万円札を出すと、

「ええと……おつり、ないんですよ」

「何だ……。じゃ、少し細かくなるよ」

千円札と、後は硬貨で出し、二千円ちょうど渡す。

「——気に入った！」

美喜はそのベルトを早速腰に巻いている。「今度、ステージで使おう。あなたが買ってくれたんだし」

「そうか」

浩太郎は微笑《ほほえ》んで、「それなら……」

さっきの一万円札を取り出すと、

「そのベルトを貸してみろ」

「どうするの？」

浩太郎は、一万円札を小さく折りたたんで、ベルトの留め金の裏側へ押し込んだ。

「俺が稼げるように、おまじないだ」

「面白い。食べていけなくなったら、これを出しゃいいわね」

と、美喜は笑って夫の腕を取り、夜道を歩いて行く。「――お腹空いたわ！」

「よし。じゃ、あの焼鳥屋に行くか」

「うん！」

2

「許せないのよ！」

帰ってくるなり、真弓はそう言って、ベルトを外し、ソファへ放り投げた。

「――ベルトに恨みでもあるのか」

淳一は、ソファで新聞を広げていた。

夜中に帰ってくる妻というのは、今どき珍しくないかもしれないが、帰るなり服をどんどん脱いで行く妻というのは、あまりいないだろう。

「おい、風邪ひくぜ」

と、淳一は言った。

「妻に風邪ひかせないようにあっためるのが夫の義務でしょ！」

と言うなり、真弓は淳一をソファの上に押し倒したのである……。

その結果――というわけでもないだろうが、真弓は風邪をひかずにすんだ。

「――何が許せないって？」

と、淳一は一息ついてから言った。

「そりゃ色々あるわよ。カラスが黒いのも、夕焼けが赤いのも……」

「そんなこと訊いてるんじゃない」

「あ、そうか」

と、真弓はやっと思い出して、「小倉隆二のことよ、許せないのは！」

「小倉っていうと……。あのたちの悪い奴のことか」

「そう。せっかく殺人容疑で捕まえたっていうのに！」

真弓はガウンをはおって、「熱いコーヒーは？」

「今、ないけど。いれようか？」

「私がいれるわ」

と言いながら、真弓はソファへ座ってしまう。「二、三日したら」

「俺がいれるよ」

「あら、悪いわね」

と、真弓は言った。「小倉が、自分の組織を裏切った男を自分の手で殺したのよ。それを目撃してた人がいて、これこそチャンス、っていうんで逮捕したんだけど……」

「目撃者が、一転、何も見てません、か」

「そうなの！　絶対に分らないように隠しといたのに」

「ま、そういう奴を相手に、短気は禁物だぜ」

淳一はコーヒーをいれて二人で飲みながら、「目撃者ってのは誰なんだ？」

と言った。

「ビルの掃除をしてる女なの。安井――だっけ？」

「俺が知ってるわけないだろ」

「それもそうね」

真弓は自分のバッグから手帳を取り出して開けると、「――安井恵美。三十八歳。娘と二人暮し。娘は由美、十四歳」

「子持ちか。脅されたな」

「必ず守るからって、説得したんだけど……。娘はゆうべ〈ミキ〉って歌手のコンサートへ行ってたらしいの」

淳一がコーヒーを飲む手を止めた。

「どうしてだか、小倉はそのことも知ってたみたいで『娘が〈ミキ〉のコンサートから無事に帰るといいけどな』って電話があったそうよ」

「卑劣な奴だ」

「そうなのよ。射殺してやりたいわ」

　真弓の口ぐせである。

「まあ、落ちつけ。逮捕されたとき、小倉は何してたんだ?」

「千田って男と会ってたの。千田は麻薬を持ってて、現行犯逮捕したんだけど」

「小倉と取引するつもりだったのかな」

「それは千田も言わないわ。言えば小倉に殺されるんでしょうね」

と、真弓はため息をついて、「絶対に尻尾《しっぽ》をつかんでやる!」

　正義感旺盛というのは、刑事として、いいことである。しかし、時として肝心のことを忘れてカッカしてしまうこともある……。

「おい、その安井恵美とかって目撃者だが――」

「どうかした?　あなた、あの女に気があるの?」

「知りもしない女に、気があるわけないだろ」

「そりゃそうね」

「たとえ証言は拒否しても、その女が小倉の殺人現場を見てたのは確かだ。事故に見せかけて消されるぞ」

真弓はそれを聞くと、

「そうだわ……大変だわ！」

と、立ち上って、「ちゃんと手は打ったわよ」

「何だ。びっくりさせるな。誰かがそばについてるのか」

「二十四時間、ぴったりくっついて離れるなって言ってあるわ」

淳一には、誰がその役を振られたか、分っているような気がした。

「道田君だな」

「そうよ」

やっぱり。——道田は生真面目な刑事である。しかし、一人でやれることには限度がある。

「大体、母娘だろ？　一人ずつついてるのか？」

「人手がないの。一緒に見ろって言ってあるわ」

「無茶言うな。一人は仕事、一人は学校。どうやって見るんだ？」

「そこを頑張るのが刑事よ」

理屈ではないのである。

「お前もどっちかにつけよ」

「あら、私が家にいちゃ邪魔なの？」

「そうじゃない！　もし、その母娘が狙《ねら》われて、うまく狙った奴を捕まえられりゃ、それこそ小倉を逮捕できるぞ」

真弓がポンと手を打って、

「私も今、そう思ってたの！　夫婦ってふしぎね。同じことを考えてるんだわ」

「うん……」

「私、どっちを見張ろうかしら？　――母親の方だと、ビルの清掃に付合わなきゃね。娘の方にしましょ」

真弓は、欠伸《あくび》をして、「一眠りしてからね！」

「キャーッ！」

と、女の子の悲鳴が響いた。

道田刑事は焦った。――あの子に何かあったのだ！

あわてて台から飛び下りると、女子更衣室のドアへと駆けて行った。

「どうした！」

と、ドアをパッと開けると――。

バシャッ！　――バケツ一杯の水が、道田に向って浴びせられたのである。

「まあ、どうしたの？」

担任の小林冬子がやって来る。

「はあ……。今、この中で悲鳴が――」

ずぶ濡《ぬ》れのまま、道田は言った。

「ちょっと！　刑事さんにどうして水をかけたの？」

と、小林冬子が声をかけると、

「だって、今、その窓からこっちを覗《のぞ》いてる人がいたの」

と、女生徒の一人が言った。

「まあ！　それで悲鳴を？」

「うん。でも、覗いてたの、その刑事さんだったの」

――道田は、職員室でタオルを借りると、濡れた頭と顔を拭《ぬぐ》ったが、服の替えはない。

「申しわけありません」

と、小林冬子はすっかり恐縮して、「せっかく刑事さんが一生懸命やって下さっているのに……」

「いや、僕ももう少し考えれば良かったんです」

とは言うものの、ショックは小さくなかった。「よっぽど僕が変態のような顔をしてたんでしょう、ハハハ……」

と、笑っているのか泣いているのか分らない。

「でも、その濡れた服では——」

「仕方ありません」

「風邪をひきますわ」

「風邪をひいても、肺炎になっても、使命は果します！」

と、涙ぐましい決意表明をした。

「失礼」

と、職員室のドアが開いて、「やあ、道田君」

「今野さん！」

「真弓に言われてね。君も、全然眠ってないし、参ってるだろうっていうんで、僕が代りになるよ」

道田が頰《ほお》を赤くして、

「真弓さんが……。僕のことを、そんなに気づかって下さったんですか！」

と、感動に打ち震えている。

「寒気がするのか？　びしょ濡れじゃないか！」

「今のひと言で、生き返りました！」

「ともかく帰って、暖まって寝ろよ。な？」

「はい、それじゃお言葉に甘えて」

道田は、熱に浮かされてでもいるように、フラフラと職員室を出て行った。

「――とても真面目な方ですね」

と、小林冬子は言って、あわてて自己紹介した。

「よろしく。安井由美は今……」

「体育が終って、今、理科教室に移動中です」

「では、案内して下さい」

「分りました」

と、立ち上りかけると、机の電話が鳴った。

「――はい。――あ、もしもし、誠ちゃん？　――うん、分ってるわ。ママも早く帰るから。それじゃね」

小林冬子の顔が「母親」のものになっている。

廊下へ出て歩きながら、

「お子さんはおいくつですか」

「七歳ですの。小学校に今年入って」

つい笑顔になる。

「楽しみですな」

と、淳一は言った。

「でも、色々大変だったんです」

「というと？」

「実は――私、『未婚の母』なのです」

と、目を伏せ、「学校の教師がけしからんと言われて、大騒ぎでした。でも――若いお母様方や、生徒たちが応援してくれたんです。本当に勇気づけられました」

と、嬉《うれ》しそうに微笑む。

「それは、あなたが先生として生徒に信頼されていたからですよ」

「そんな風におっしゃられると、照れますわ」

と、小林冬子は笑った。「――この教室です」

「分りました」

淳一は廊下側の窓から中を覗き、「どの子が安井由美ですか？」

「あの……右奥の実験台の所に立っている、白いセーターの子です」

「分りました。後はご心配なく」

と、淳一は穏やかに言った。

「でも、生徒たちにご紹介しておきますわ。さっきの刑事さんのように、失礼なことがあるといけませんから」

「いや、大丈夫。生徒たちに気付かれないように見張りますから」

「はあ……」

と、小林冬子が戸惑っていると、

「小林先生」

と、事務室の女性がやって来た。「お電話です」

「私に？　今行きます。あの――それではよろしく」

と、淳一に一礼して、小林冬子は急いで、職員室へと戻って行った。

3

今夜はどうもパッとしないな。

君原浩太郎は、盛り場を流しながら、思った。

流しにとって、「いい日」と「悪い日」というのがある。それは必ずしも週末とか、月給日と関係ない。

長いことこの商売をしている勘で、今夜はあまり客がいないだろうと思ったのである。

もらう金は客次第で、多いときも少ないときもある。むしろ流しにとって、「いい客」とは歌を真剣に聞いてくれる人のことだ。

いくら金をくれても、酔ってしゃべってばかりいる客には、真剣に歌ってやる気がしない。

「――今晩は。一曲いかがですか」

と、飲み屋ののれんを分けると、

「今日は無理よ」

と、女将《おかみ》が手を振る。

大学生らしいグループが、店を占拠している状態。自分たちでカラオケをやるのに忙しくて、流しの歌なんか聞く気はないだろう。

「また、よろしく」

と、会釈して次の店へ。

――正直、どうしてこんなことをしているんだろうと思う。妻の収入で、思い切りぜいたくができる。

浩太郎も、美喜のマネージャーになって、ついて歩けばいいのだ、と何度も考えた。しかし、それでは美喜が傷付くだろう。

美喜は、こんな風に、金のためでなく歌っている浩太郎を尊敬しているのだ。夫がこうして好きに歌っているためなら、いくらでも働くだろう。

浩太郎は、一軒の飲み屋の扉を開いた。

「今晩は。一曲いかが――」

いきなり、浩太郎は胸ぐらをつかまれて、

「ワッ！」

と、声を上げた。

「こいつか！」

見るからにヤクザって感じの連中が、そこの主人を見て言った。

「ええ……。この男です」

「な、何ですか？」

と、浩太郎は言った。

「まあいい、放してやれ」

と、一人の男が言った。

兄貴分らしいその男、それなりに貫禄もある。

「君原っていうのか」

「そ、そうです。ちゃんと許可をもらってやってますよ」

「そんなことじゃねえんだ。――お前この間、この店で警官が客を逮捕するのを見たか？」

「あ……。ええ、見ました」

と、息をつく。「それが何か――」

「お前に歌を注文した客を憶えてるか？」

「はあ……。何か、顔に傷のある。怖そうな――」

と言いかけると、

「親分のことを、『怖そうな』だと！」

と、乱暴そうな子分が、また浩太郎の胸ぐらをつかむ。

「ご、ごめんなさい！」

「『怖そうな』じゃなくて、親分は『怖い』人なんだ！」

浩太郎も、こんなことで怒られていちゃかなわない、と思った。

「おい、よせってば」

と、兄貴分らしい男が言った。「お前、あのとき、その客に一万円札を入れてもらったろ？」

「はあ……」

「その一万円、まだ持ってるか？」

浩太郎は面食らって、

「持ってはいますが……」

「そりゃ良かった！」

と、その男はニヤリと笑って、「お前は運がいいぜ」

「そうですか？」

「なぜかと言やあ、第一に、今夜も一万円札を、しかも一曲も歌わずに手に入れられる」

と、男が指先に一万円札を挟んで見せ、「第二に、この男に殴られずにすむ」

「は……」

「つまらねえ」

大柄なその子分は、がっかりした様子で、ポキポキと指を鳴らした。

「じゃ、その一万円札を出しな。こいつと交換だ」

と言われて、

「あの……持っているんですが……。いえ、使っちゃいないんですが、ここには持ってないんです」

と、おずおずと言った。

「何だと?」

「待って下さい！　だって——めったにないことですし、一万円なんて……。使っちゃもったいないんで、大切にしまってあるんです！　本当です！」

殴られてはかなわないので、早口にまくし立てるように言うと、

「——ふーん。それなら、今すぐそれを取りに行こうぜ」

と、男は言った。

そして浩太郎の肩へ手をかけて、

「下手に逃げたり、でたらめを言ったりしたら、この気の荒いのが、お前の首をへし折るぜ」

浩太郎は青くなって肯いたが、

「ちょっと、うるさい所なんですけど、よろしいでしょうか」

と言った。


「あの……もう、やめて下さい」

と、安井恵美が言った。「お願いですから……」

——小倉の殺人現場を目撃した女である。

しかし、別に安井恵美は悪人の手に捕えられて拷問されているわけではなかった。

何しろ、泣く子も黙る、そして捜査一課長も黙る（？）今野真弓が、ボディガードとしてついているのだ。身の安全は約束されている。

ただ、安井恵美が困っていたのは……。

「はい、雑巾しぼって！　バケツ、バケツ！」

と、真弓が威勢のいい声を上げた。

「あ、はい」

「バケツの水が真黒よ！　早く入れかえて来て！　ほら、ぐずぐずしてないで！」

真弓が怒鳴ると、

「はい！」

と、バケツをさげてあわてて洗面所へ走るのは、安井恵美たちが掃除に入ったオフィスで、たまたま残業していた男たち……。

「何て持ち方なの！　水がこぼれてるでしょ！　家で何もやってないんでしょ！　しょうがないわね！」

と、真弓は腰に手を当てて、「そんなことじゃ、奥さんに捨てられるわよ！」

呆気にとられているのは、安井恵美と、一緒に掃除に来た仲間たち。

――真弓は、一眠りして目が覚めたら、淳一が安井由美の所へ行った後だったので、仕方なく母親の方のガードについたのだったが、こうしてビル掃除している恵美たちを眺めている内、

「私にもやらせて」

と言い出したのだ。

普段、家事にかけては誰にも負けない「手抜きの名手」である真弓は、やったことのない「机の上の雑巾がけ」をやり出したら、面白くてやめられなくなってしまったのである。

しかも、残業している社員の机も、

「邪魔よ！」

と、無理に拭《ふ》こうとするので、

「何するんだ！」

と、社員が怒ると（当然だが）、

「文句言うと、公務執行妨害で逮捕するわよ」

と、手帳をチラつかせたのだ。

もちろん、こうなると逆らう者はない。

真弓はすっかり「のりにのって」、机をどんどん拭きまくり（！）、邪魔な物が机の上にのっていると、

「営業妨害！」

と叫んで、どんどん屑《くず》入《い》れに捨てる、という有様だった。

しかし、こうなると、もう誰も真弓を止めることはできないのである……。

「——終った！」

真弓はワンフロア分の机を全部拭いてしまうと、額の汗を拭って、「安井さん！」

「は、はい！」

「労働って、すばらしいものですね」

「そう……ですね」

安井恵美の笑顔は引きつっていた。

「——さあ、次のフロアへ行きましょう！」

と、真弓は拳を突き上げて叫んだ。

社員も、掃除の女性たちも、揃《そろ》って青くなったのだった。

すると、

「安井さん。お電話」

と、仲間の一人が呼んだ。

「私に？　すみません」

恵美が駆けて行くと、真弓も「刑事」に立ち戻り、猛然とダッシュして同時に電話の所へ辿《たど》り着いた。

「——はい、安井でございます」

「もしもし」

と、女の声が言った。「今夜、Nホールで〈ミキ〉のコンサートをやってるわ」

「は？」

コンサートのご案内にしちゃ変ね、と真弓は耳を寄せた。

「そのコンサートに、娘の由美が行ってる。あんたもすぐ行きなさい」

「え？」

「アリーナのK列30番の席。そこへ行けば分るわ」

「アリーナのK30……。でも——」

「行かないと、娘が死ぬことになるわよ」

安井恵美は、青ざめて、

「分りました」

と言った。「あの子には——」

電話が切れた。

「——私、Nホールへ行きます」

「あの人、何してるんだろ」

と、真弓は首をかしげた。「待ちなさい。私も行くわ」

「でも——」

「入場券なしで入るんでしょ。私がいれば簡単よ」

真弓の言い分には、確かに説得力があった……。

4

「まだ終らんのか」

曲の間に、小倉隆二は言った。

「何言ってるの、パパ？　まだ始まってないんだよ」

隣の席の少女が呆《あき》れたように言った。

「さっきから、いやになるほどやってるじゃないか！」

「これは〈ミキ〉じゃないの。前座。分る？」

「すると――まだ肝心の奴は出て来てないのか」

「そうよ。あと二、三曲で――」

グワーン……。

凄《すさ》まじい音がNホールを埋め尽くし、小倉は、娘と話すのを諦めた。どうせ聞こえやしないのである。

――娘。本当の小倉の一人娘だ。名を、洋子という。

今、十七歳の高校二年生。

小倉は、せがまれてこのコンサートのチケットを取ってやり、一緒に来たのだが……。

こんなに凄いもんだとは知らなかったのである。

次の曲が終ると、小倉は洋子へ、

「今の内に休んでる」

と言って立ち上った。

「〈ミキ〉が出たら、戻っといで。凄くいいから」

「ああ、そうしよう」

小倉は肯いた。

周りを見ても、若い子ばかり。

何千人も入るホールが、びっしり満員になっているのを見て、小倉は驚いた。

何とかロビーへ出ると、頭がクラクラした。

「――親分」

と、近付いて来たのは、子分の井口だった。

「お前、何してる？　奴は？」

「一緒です」

「何だと？」

「あの流し、君原っていって、このコンサートをやってる〈ミキ〉って女の亭主なんだぞうで」

小倉もさすがに呆れてしまった。

「――じゃ、その女のベルトにあの札が？」

「そうなんです」

と、井口が肯いた。「しかし、もう当人、仕度がすんで、舞台の袖にいるんですよ」

「――〈ミキ〉の登場です！」

と場内のアナウンスが告げると、ワーッという歓声がロビーまで揺さぶるようだった。

「――よし、例の女もここへ来る」

「偶然ですね」

「一気に片付けよう。女を消して、そのどさくさに、そのベルトを奪うんだ」

「分りました」

と、井口が肯いて、「で、君原はどうします?」

「もちろん消せ」

と、小倉は言った。「ついでに〈ミキ〉って女もな」

「はい」

井口が一礼して、姿を消す。

「さて……」

と、小倉はタバコに火をつけ、「一服してから、席に戻るか」

小倉にとっては、わけの分らない音楽が洩《も》れ聞こえてくる。

ロビーは閑散としていた。もちろんだ。

お目当ての〈ミキ〉が歌っているのに、こんな所にウロウロしている人間は――。

「動くなよ」

と、声がした。

「何だ？」

「あんたを殺すのは簡単だ」

と、背後の声が言った。「振り向くな」

小倉も長年この商売をしている。はったりかどうか、判断はつく。

「俺をやって、逃げられると思ってるのか」

と、小倉は言った。

「だから、あんたはやらん。隣の席の娘さんをやる」

小倉が青ざめた。

「つまらねえことを言うと――」

「席はアリーナのNの35。正しいだろ？」

小倉がタバコを床へ落とした。

「何が目当てだ」

「事情を聞こう。しゃべらないと、Nの35の椅子に仕掛けた爆弾が爆発する」

「よせ！」

小倉の額に汗が浮かぶ。「洋子には関係ない」

「安井恵美だって、関係ないぜ」

と、男は言った。「殺そうとしてるだろう？」

小倉は詰《つま》った。

「――警察に踏み込まれる前、気配を感じたあんたは、一万円札を、流しのギターの中へ放り込んだ。そうだな？」

「――ああ」

「その一万円札は、何の合図なんだ？」

「特殊な……インクで暗号が刷ってある。闇の取引で、一億円の値打がある」

「なるほど、一億か。じゃ、焦って取り戻そうとするわけだ」

「お前は――」

「振り向くな。〈ミキ〉のベルトに挟み込んである一億円は諦めるんだな。安井恵美を殺すのもやめろ。そうしたら、見逃してやってもいい」

「ふざけるな！」

小倉は振り向いた。

――誰もいなかった。

今のは？　空耳のはずはない！

「――洋子！」

と、小倉は呟いた。

「Kの30」

と、安井恵美は言った。

「どこなんでしょう?」

「待って」

真弓は、小さなペンライトを持って、〈ミキ〉の名をプリントしたTシャツの男の肩を叩《たた》いて、「――Kの30はどこ?」

と、思い切り大きな声を出した。

〈ミキ〉の歌は、少し静かなバラードになっていたので、何とか話はできたのである。

「――そんなでかい声を出すな」

と、係の男が振り向いた。

「あなた!」

「案内してやる」

「それより、どうして――」

「安井由美のことか? 担任の小林冬子って先生が、子供を人質に、脅迫されたんだ」

「何ですって?」

「由美に、このコンサートのチケットを渡せ、と。そして、安井恵美に電話をした」

「じゃ、その先生の方も――」

「道田君が駆けつけてる。大丈夫さ」

「良かった！」

「Kの30だが、この通路を真直ぐ行って、左の通路のすぐそばだ」

「大丈夫なの？」

「爆弾が仕掛けてある」

「え？」

「心配するな。椅子を取り換えてある」

「――何だ！」

「案内しよう。色々ややこしいことになってるんだ」

淳一は、安井恵美を連れて、通路を前の方へ進んで行った。


君原浩太郎は、ステージの袖で、美喜のスポットライトを浴びている姿を見ていた。

「――おい」

と、井口が言った。「今度こっちへ戻って来たら、ベルトをよこせと言うんだぞ」

「分ってますよ」

と、浩太郎は肩をすくめた。「でも、一旦始まると、なかなか終らないんでね」

井口が舌打ちする。

浩太郎は、きっと自分も美喜も殺されるだろうと思っていた。

もう一人の大男の方が、そっと拳銃をなでているのを、見てしまったのである。

こっちへ引っ込んで来たらおしまいだ！

美喜、歌いつづけろ！

ところが今日に限って、三、四曲歌うと、

「ちょっと失礼して」

と、美喜がステージの袖へ入って来たのである。

「美喜――」

「あなた！　来てるってメンバーから聞いたの。一緒に来て！」

「え？」

井口たちも止めようがなかった。

美喜が浩太郎の手を引いて、ステージへ出て行ってしまったのである。

「――みなさん、ご紹介します」

と、美喜が言った。「これが、私の亭主です」

ワーッという声が上り、続いて拍手が起った。

「君原浩太郎といって、やっぱり歌手です」

と、美喜は言った。「ジャンルは全然違うんですけど、歌うことがとても好きなんです。私、その情熱を尊敬しています」

ワーッと声が上る。

美喜が浩太郎に抱きついてキスした。満場総立ちで大騒ぎだ。

「美喜！」

と、浩太郎が耳もとで言った。「そのベルトを外せ！」

「え？」

「言う通りにしろ！　外して、客席へ投げるんだ！」

「でも、あの一万円が――」

「いいんだ！　早く！」

「分ったわ」

美喜は、腰に巻いていたベルトを外すと、

「これは、みんなへのプレゼント！」

と振り回し、客席へと力一杯放り投げた。

ワーッとそこへファンが駆けつける。

「何しやがる！」

井口と、あの大男がステージへ飛び出して来た。

「あれをとられるな！」

と、井口が言った。

大男が、ステージから飛びおりて、そこへ駆けつけたが——。

いくら大きくて力があっても、何百人という女の子の中ではどうにもならない。

「何よ、この人！」

「やっちゃえ！」

たちまち、何十人ものファンの下敷になってしまった。

「貴様！」

井口が、浩太郎の方へ振り向く。手に拳銃が握られていた。

ゴン。——鈍い音がして、井口はステージにのびていた。

傍にカナヅチが一つ、落ちていた。

ステージの上の足場では、淳一が、

「落し物にご注意」

と呟いた。

そして、ドカンと音がすると、椅子が一つ、宙へ舞い上った。

——みんな、何が起ったのかよく分っていなかった。何しろ今のコンサートは、演出がこっているので、まさか爆弾で吹っ飛んだとは思っていないのである。

「——今の、何？」

と、美喜が言った。

「さあ……」

スタッフが、ステージの邪魔物――井口をさっさと運んで行ってしまう。

「みなさん！　――私と主人で一緒に歌うのを、一曲だけ聞いて下さい！」

拍手が起った。

浩太郎は、ギターを渡され、

「何やるんだ？」

「あなたの好きなのでいいわ」

「じゃあ……『湯の町エレジー』はやめとこう」

と、浩太郎は言って、ギターの弦を爪弾いた。


「洋子！　――洋子！」

小倉が、席へと駆けつけて来る。

洋子の椅子が、消えてなくなっていた。

「小倉さん」

と、真弓が小倉の腕を取って、「コンサートの邪魔ですよ」

「洋子が――」

「大丈夫。ロビーにいます」

浩太郎と美喜の歌う「影を慕いて」に、場内が静まり返った。

その中を真弓は小倉を連れてロビーへと出た。

「洋子!」

小倉は娘を抱きしめた。

「あなたが安井由美に用意した椅子と交換したんですよ」

と、真弓は言った。「娘さんの目の前で人殺しをするつもりだったんですか」

小倉は、青ざめた顔で息をついた。

洋子が、

「私、死んでも良かったのに」

と言った。「他の人を殺すより、私のこと、殺して」

小倉が絶句した。

「真弓さん!」

道田刑事が駆けて来た。

「どうした?」

「大丈夫です。あの先生の息子さんは無事に保護しました」

「良かった。——小倉さんから、もう一度じっくり話を聞きましょ」

と、真弓は言った。

――小倉が娘と一緒に連れられて行くと、

「幸いけが人もないようだぜ」

と、淳一がやって来た。

「コンサートでも聞いてく？」

「これを拾ったんだ」

淳一は、一万円札を見せて、「名前が書いてあるわけじゃなし、今回の報酬にもらっとくぜ」

真弓は渋い顔で、

「本当は届けるのよ。――でも、まあいいでしょ」

「さすがは俺の女房だ」

淳一が真弓にキスすると、真弓は聞こえてくる「影を慕いて」に耳を傾け、

「私たちも歌う？」

と、言ったのだった。

遠くて近きは不倫の縁

1

やっぱり迎えに来ていてくれた。

裕子は、成田空港の到着口を、スーツケースを引張って出ながら、心の準備をしなくてはならなかった。

「おい、ここだよ！」

と、周囲の人が振り向くような大きな声を出したのが、夫、神原僚二である。

「――ただいま」

と、裕子は言った。「わざわざいいのに、迎えに来てくれなくても」

「だって、大変だったろ？　疲れてると思ってさ」

神原は裕子のスーツケースを受け取ると、

「さ、行こう。車、駐車場に置いてある」

「うん」

と、裕子は肯《うなず》いた。「――あ、待って。ちょっと電話するから」

「ああ、いいよ。じゃ、俺一人で車を出してくる。君、ここを出た辺りで待っててくれ」

「そうするわ」

夫がスーツケースをガラガラと押して行くのを見送って、「――あなた！」

神原が振り向く。

「ありがとう、迎えに来てくれて」

神原が嬉《うれ》しそうに笑顔を見せて、

「何か仕事があっても、今日は疲れてると言って断れよ」

「そうするわ。何か食べて帰りましょ」

「そうしよう」

神原が行ってしまうと、裕子の顔がフッとかげった。

「どうして、あんなこと……」

と呟《つぶや》いて、首を振る。

忘れよう。もう忘れてしまおう。すんだことだ。

裕子は、公衆電話から、自分の所属している事務所へかけた。

「──あ、神原です。今、成田に着きました」

「裕子さん、お帰り。ご苦労様！」

オフィス・ハヤシの社長、林伸子が、いつものオーバーな口調で言った。「どうだった、パリは？」

「ええ、問題なく終りました。林さんによろしく、って先方から」

「良かったわ。裕子さんなら間違いないと思ってたのよ」

それなら、もう少しお給料を上げて下さい、と裕子は言いたかった。

「じゃ、今日は直接帰宅しますので」

と言うと、

「待って。あのね、急な仕事が入って、困ってたの。あなたでないとだめなのよ」

また、この調子だ。

「でも、疲れてるんです、今日は」

「そう言わないで。今日はね、打ち合せだけだから、そうかからないわ。明日から三日間の仕事で、難しいの。ベテランでないと、こなせないのよ」

「でも……」

「お願い！　ね？　N社へ行って、仁科って人に会ってほしいの。向うへは連絡しとくから」

裕子も、そう言われると断りにくい。通訳という仕事も、決して安定した職業ではないからだ。

「——分りました。じゃ、打ち合せだけでいいんですね」

と、念を押す。

「悪いわね！　お願いよ」

——いいように言いくるめられてしまう。

電話を切って、裕子はため息をついた。

二十七歳の裕子と、五十過ぎの林伸子では勝負にならなくて当然とも言えるが、それだけではない。

空港の外へ出て、夫が来るのを待ちながら、裕子は胸の痛むのを覚えていた。

通訳の仕事でパリへ一週間出かけて、戻って来たところだ。夫の神原僚二は六つ年上の三十三だが、収入は裕子の方が上。

神原は小さな広告会社に勤めていて、真面目な社員ではあるが、エリートとは言い難い。

でも、人柄の良さ、おっとりとした性格にひかれて結婚し、そのこと自体は後悔していない。

ただ——通訳という仕事上、外国のビジネスエリートや、日本企業の幹部社員と一緒に働くことも多く、ふと夫が物足りなく思えてしまうこともあるのだった。

「おい！　ここだ！」

神原が車の窓から顔を出し、手を振っている。

裕子は、他の車が来るのに用心しながら駆けて行き、助手席に乗り込んだ。

「よし、行こう。シートベルトしろよ」

「スーツケースは？」

「トランクへ入れた」

車が走り出す。――神原は、

「疲れたろ？　眠っていいぞ。どこで起そうか」

裕子は、言わなければ、と分っていながらも、なかなか口を開くことができなかった。

「――どうした？」

神原の方で気付いてくれる。

「N社まで行かなくちゃならないの」

と、裕子は言った。「ごめんなさい」

「何だ、そうか」

神原は少し不機嫌そうに言ったが、すぐ気を取り直して、「仕方ないな。君ほどの通訳はそういないんだから」

裕子は、何も言えなかった。

「——N社ってどの辺だ?」

「大手町よ。ね、今日は打ち合せだけですぐ終るわ。どこかで待っててくれない?」

「うん。それはいいけど……。大丈夫なのか?」

「三十分ですませるわ」

神原は笑顔になって、

「分った。じゃ、Nビルの前で待ってる」

神原が本当に嬉しそうなので、裕子は何が何でも三十分ですまそうと決心した。

——その後、高速が渋滞している間少し眠った裕子は、N社のビルの前に車がついたとき、大分いつもの元気を取り戻していた。

「へえ……。でかいビル」

と、夫がポカンとして、三十階を超えるN社のビルを見上げている。

「じゃ、できるだけ早く戻るわ」

と、裕子はくり返して、足早にN社ビルへ入って行った。

正面の受付で、

「仁科さんをお願いします」

と頼むと、すぐ連絡が取れ、

「ただいま参ります」

「ありがとう」

裕子は、仁科という担当の人間が来たら、まず「三十分しかない」と言ってやろう、と思っていた。

後で林伸子に何か言われるかもしれないが、構うものか。

広々としたロビーを見回していると、

「お待たせしました」

と、男の声。「仁科です」

振り向いて、裕子は、

「〈オフィス・ハヤシ〉の神原——」

と言いかけて、「まあ、あなた……」

「——これはどうも」

仁科も啞然《あぜん》としている。

裕子は、「三十分のこと」など言う余裕がなくなっていた。

その長身の仁科という男、つい三日前、パリで裕子が初めて「浮気」した、当の相手だったのである。

2

とっさのことで、裕子はどうしてそんなことを考えたのか、分らなかった。

「あのときは――」

と、仁科が言いかけたとき、男が一人、Nビルへ入って来た。

裕子は、

「遅かったのね！」

と、その男へ声をかけ、「先に来て待っててくれると思ったわ」

――考えてみれば無茶をしている。

仁科と、「浮気」の話をしたくないばっかりに、通りがかった男を「同僚」扱いしているのだから。

ところが、その三十代半ばと見える男は、

「遅くなって失礼しました」

と、合せてくれたのである。

「こちら、N社の仁科さん。これは私の同僚で……」

名前も、もちろん知らない。

「今野と申します。よろしく」

と、会釈する。

「どうも……」

仁科は、曖昧《あいまい》に肯いて、「じゃ、どうぞこちらへ」

と、案内に立った。

——今野という男も、おとなしくついて来る。

エレベーターで上って、応接室へ通される。

「すぐ戻ります」

と、仁科が出て行くと、

「すみません。本当に……」

と、裕子は言った。「びっくりなさったでしょう」

「なに、こちらはびっくりすることに慣れているので」

と、今野淳一は言った。

もちろん、泥棒の名人（？）としておなじみの淳一である。

「ちょっと……わけがあって、こんなことを——」

「それはそうでしょう。無理に説明する必要はありませんよ」

「でも、何かご用でいらしたのでしょう」

「それはそうですが、急ぐわけでもないので」

「私……主人を待たせているので、三十分で出ます。もし……」

と、口ごもる。

「いいですよ。三十分、ご一緒しましょう」

「ありがとうございます！」

と、裕子は頭を下げて、「私、通訳をしている神原裕子です。ここへは、明日からの仕事の打ち合せに」

「通訳ですか。何語を？」

「英語とフランス語です」

フランス、と言って、裕子は目を伏せてしまう。

「なるほど」

淳一は、応接室の中を見回した。

ドアが開いて、仁科が戻って来た。

「お待たせして」

「いえ……。実は時間が――」

「もう、ロスからのお客はじきにこちらへ着かれます。その客と社長との通訳をお願いします」

「待って下さい」

と、裕子は焦って、「打ち合せのみということでしたけど」

「それは変だな。今夜から、とちゃんとお願いしたはずです」

裕子は、どうしよう、と思った。——おそらく仁科の言う通りなのだ。林伸子は、そんな出まかせを平気で言う人なのだ。しかし――夫をずっと待たせておくわけにいかない。

どうしよう。

裕子が困り切っていると、

「私が残ります」

と、淳一が言ったので、裕子はびっくりした。

「あなた……」

「私一人でも充分大丈夫です。神原さん、お約束がおありでしょう」

淳一の言い方は、決してはったりでも何でもない。

「じゃあ……お願いします」

「どうぞ」

と、淳一が微笑《ほほえ》む。

翌日からの手配について、裕子は仁科と打ち合せた。――時間はどんどん過ぎて、たちまち三十分たった。

「ではどうぞ」

と淳一に言われて、裕子は席を立ち、仁科へ一礼した。

応接室を出て、エレベーターの前へ来て待っていると、

「奥さん」

と、仁科が追って来た。

「あの……」

「待って下さい」

「仁科さん。あのときは——一度きりという約束で」

「分っています」

「もう忘れましょう」

オフィスのエレベーターだ。いつ人が通るか。

「しかし、ここであなたと会うなんて。——これはただの偶然じゃありません」

「そんな……」

と言いかけたときエレベーターが来て、書類を抱えたOLが降りると、

「あ、仁科さん。良かった！　これ、持って。凄《すご》く重いの」

仁科が迷っている間に、裕子は急いでエレベーターに乗り、ボタンを押した。

扉が閉り一人になって、裕子は胸に手を当てた。

「何てことかしら……」

——仕事で行ったパリ。そこでの夜で、たまたま出会った男。

日本のビジネスマンで、明日帰国すると聞いて、一緒に飲んだ。アルコールのせいにするつもりはないが、その夜、裕子はその男と一夜を共にした。

いくらかの後悔はあったが、一夜だけのことだと自分へ言い聞かせて、すませた。

その相手に、こんな風に出会うとは。

「どうしよう……」

明日から三日間、毎日、仁科に会わなくてはならないのだ。

でも——何もなかったように、夫の前ではふるまわなくてはならない。

裕子はそう決心して、ビルの一階ロビーを抜け、外へ出ようとした。

「神原様」

と、受付の女性が呼んだ。「お待ち下さい。仁科から内線電話が入っております」

裕子は振り向いた。

「浮気なんかするもんじゃないな」

と、淳一は言った。

「——今、何て言ったの？」

妻の真弓は、ゆっくりと雑誌をソファの上に置くと、「浮気は止められないって？」

「反対だ。するもんじゃない、と言ったんだ」

「そう？」

「そうだとも」

「言葉は消えるわ。——それ以外のもので立証して！」

真弓は淳一の方へ半ば襲うかのように飛びついた。もちろん、淳一も覚悟はできていたのである……。

何しろ真弓は警視庁捜査一課の刑事。猛烈なやきもちやきで、夫の浮気の現場にでも踏み込んだら、拳銃乱射でもやりかねない。

かくて——三十分後には、真弓も落ちついていたのである。

「男らしくないわ」

と、真弓が突然言った。「その仁科って男、諦《あきら》めるかしら」

「どうかな」

と、淳一はバスローブに身を包む。「しかし、通訳ってのも楽じゃないぜ」

「あなた、どうするの？　その奥さん、毎日浮気相手と会うわけでしょ」

「それで頼まれたんだ」

「何を？」

「仁科と二人きりにならないように、毎日通ってほしいとさ」

「呆《あき》れた！　あなた、それで引き受けたの」

「ああ」

「通訳って——あなた、そんなことができるの？」

「ちゃんと今日だってやって来たんだぜ」

と、淳一は涼しい顔で、「フランス語まではだめだが、英語なら、そう専門的な話でなきゃ大丈夫」

「へえ……」

「泥棒ってのは、教養がないとつとまらないんだ。たとえば、忍び込もうとした家に、立て看板があって、英語でしか書いてなかったら？　その意味が分らないばっかりに、命を落とすってこともある」

「なるほどね」

と、真弓はすっかり感心していたが、「——あなた！」

と、突然キッと眉《まゆ》を上げる。

「何だよ」

「あなた、その浮気した人妻と会いたくて、三日間通おうっていうんじゃないの？」

「おい……。ちょっとは亭主を信用しろよ」

「信じてるわ、心から」

「なら、いいじゃないか」

「心は信じても、体の方が信じてないわ」

真弓は、また淳一に向って襲いかかったのだった。

3

「グッド・ナイト。シーユー・トゥモロー」

「グッド・ナイト」

裕子は、最後の客をホテルのエレベーターに乗せてホッと息をついた。

もう、夜中の十二時近い。

アメリカのビジネスマンたちはタフである。

夜中まで飲んで、翌朝六時からプールで泳いだりする。

「——今夜はこれで終りだわ」

裕子は、淳一の方へ、「ありがとう。明日一日ですから」

と、頭を下げた。

「いやいや。タダでやってるわけじゃありませんからね」

と、淳一は言った。「もう帰った方が。ご主人が心配されますよ」

「ええ……。電話して帰ります」

「それがいい。では、明日また八時にこのロビーで」

淳一が軽く会釈して立ち去るのを、裕子は見送った。

ふしぎな人だ。一体何が本業なのだろう？

首をかしげつつ、裕子は電話ボックスへ入り、自宅へかけた。

だが、誰も出ない。——妙だった。

神原はそう帰りが遅くなることもないし、こんな時間に入浴しているとも思えない。

「眠っちゃったのかしら」

もしそうなら、起すのも可哀そうだ。

裕子が出ようとすると、電話ボックスの電話が鳴り出して、びっくりした。

少し迷って、

「間違いね、きっと」

と、一応受話器を上げる。「——もしもし？」

「裕子さん」

裕子の顔がこわばる。

「仁科さん！　どうして――」

「そこへ入るのが見えてね。今、このホテルのフロントの所です」

「何のご用ですか。もう帰るところです」

「まあ、そう冷たくしなくても」

　と、仁科は笑って、「あのときは夢中になってたじゃありませんか」

「もうやめて下さい！」

　と、裕子は真赤になって、「あなたの言うことなんかでたらめだとも言えるんですよ」

「おやおや。それはどうかな」

「何の証拠もないんですから」

「写真以外はね」

　裕子は一瞬、耳を疑った。

「――何以外は、って言ったんですか？」

「写真です。気持良くベッドで眠っているあなたの写真。むろん、何も着ていない姿でね」

「そんなものが――」

「僕が見せてあげたのを憶えていませんか？　デジタルカメラ。カメラの液晶画面に写真が出る、と言って、見せてあげたでしょう」

　裕子は青ざめた。――確かに、面白がって手に取ったりした。

「でも、それが……」

「記念に一枚、とっておいたんですよ。あなたの可愛い寝顔がうつってます」

「──ひどい人！」

「いや、別にどうかしようっていうんじゃありませんよ」

と、仁科は言った。「僕は、あなたとまた付合いたいだけです」

「そんなこと、できません！」

「できますとも。今、フロントへ来れば、キーを持った僕がいる。それにね、デジタルカメラの映像はパソコンに入れて、方々へ流すこともできます。お宅のご主人の会社のパソコン画面に、あなたの裸の写真が出る、なんてこともね。──しかし、僕はそんな卑劣なことはしませんよ」

「──もうやめて。他にいくらも女の人がいるでしょう！」

声が震えた。

「しかしね、あなたは特別な人ですから」

と、仁科は言って、「それに、僕はあなたに同情してるんです」

「何のことですか」

「ご主人に恋人がいることを、ご存知ですか？」

仁科は楽しげに言った。

タクシーが停った。

そこから降りたのは、間違いなく神原僚二だった。

「——大丈夫。まだ女房は帰ってないよ」

と、神原は真暗な家を見て、タクシーの中へ言った。

「それじゃ、おやすみなさい」

女の声が答える。

「うん、おやすみ」

ドアが閉り、タクシーが走り出すと、神原はそれを見送って手を振り、そして玄関へと向いながらキーホルダーを取り出した。

——夫の姿が家の中へ消える。

「どうだい？」

と、仁科が言った。

裕子は、寒い夜の中、呆然《ぼうぜん》と立ち尽くしていた。

「さあ、僕らもホテルへ戻ろう」

と、仁科の手が、裕子の肩を抱く。

裕子にはそれを振り払う力もなかった。

「タクシーだ。ちょうどいい」

空車が来て、仁科は手を上げて停めると、裕子を先に押し込むようにして乗せた。

「旦那、すみません」

と、運転手が言った。「トランクがさっきからギイギイ言っててね。開いてないか、見てもらえませんか」

「ええ?」

面倒くさそうに顔をしかめ、仁科はタクシーの後ろへ回った。

とたんにタクシーのドアがパタンと閉り、一気に走り出してしまった。

「おい!　――待て!」

仁科があわてて叫んだが、タクシーはどんどん遠ざかるばかり……。

――裕子はタクシーの中で呆気《あっけ》にとられていた。

「どうしたんですの?」

「ちょっとドライブしましょう、神原さん」

運転手の声には聞き憶えがあった。

「――まあ!　今野さん!」

「色々とやってましてね」

と、淳一は楽しげに言った。「ご主人が女性と飲んで帰ったといっても、浮気したとは限りませんよ」

「ええ、それは……」

「ご主人にも女性の友だちがいて、ふしぎじゃないでしょう。あなたも、学校時代の男の子と会ったりするんじゃありませんか？」

裕子は頰《ほお》を赤くして、

「本当にそうだわ。——何だか、あの仁科の言葉にのせられてしまって……」

「一回りして、ご自宅まで送りますよ」

と、淳一は言った。

「ありがとう……」

裕子は、ホッと息をついて、「あなたって……」

「何も訊かないで。世の中には、ちょっと変った人間というのがいるものなんです」

と、淳一は言った。

「はい」

裕子は、ゆっくりと肯いて、やがてタクシーがまた自宅前で停ると、「——おいくらですか？」

と訊いた。

「真弓さん！　――真弓さん！」

早朝の静けさを破って、道田刑事の元気な声が響き渡った。

「何よ……」

ブツブツ言いながら、真弓は起きてくると、玄関のドアを開けて、「――おはよう。アーア……」

と、大欠伸《あくび》。

道田が突っ立っているので、

「――どうしたの？」

「あの……Kホテルで殺人事件が……」

「へえ。じゃ、行かなきゃね。――もしかして、電話、くれた？」

「は、はい！　さっき……」

「そう。半分眠っててね」

と、また欠伸して、「じゃ、少し待ってて。仕度するわ」

「おい」

と、淳一が出て来て、「風邪ひくぜ、そんな格好で」

と、ガウンを着せる。

「あら……」

真弓は、半ば透《す》き通ったネグリジェ一つ、という格好だったのである。「ごめんなさい。道田君、それで目をそらしてたの？」

「見ていません！」

道田は天を仰いで、「天に誓って、一瞬しか見ておりません！」

と、真赤になっている。

——淳一は、真弓が着替えるのを見て、

「可哀そうだぜ、道田君が」

と苦笑した。

道田刑事は、真弓の部下。ひたすら拾われた子犬の如《ごと》く、真弓に忠実なのである。

「だって……アーア。眠いときゃ、恥も何もないわよ」

「Kホテルと言ったな」

と、淳一は言った。「——俺もついて行っていいか」

「道田君と浮気しないか、心配？」

「そう思いたきゃ、思っててもいいぞ」

淳一が通訳しているビジネスマンの泊っているのがKホテル。つまり、ゆうべ仁科が神原裕子を連れて行こうとしたホテルである。

——二人は道田と共にKホテルへ向った。

「男一人でチェックインしたそうです」

と、道田が言った。「今朝四時ごろ、悲鳴らしいものがして、たまたまルームサービスのワゴンを押していたボーイが、女が飛び出して行くのを見たんです」

「被害者は？」

「N社の課長で、仁科和行、四十八歳と思われます」

淳一は、黙っていた。

「逃げた女が犯人ね。動機は恋愛関係のもつれ。目撃者に、その仁科って男の付合ってた女を見せて、一件落着」

と、真弓が言った。

「すばらしい推理ですね！」

真弓の言うことなら、何にでも感動する道田が言った。

「ね？　じゃ、帰って寝ようかしら」

「一応、現場を見た方がいいと思うぜ」

と、淳一は言った……。

4

「キャーッ！」

悲鳴が廊下に響いた。

真弓は、淳一と道田を見て、

「今、何か聞こえた？　それとも耳鳴りかしら？」

「たぶん今のは――」

と、道田が言いかけると、

「助けて！」

淳一が肯いて、

「ああいう耳鳴りはないだろう」

と言った。

「どの部屋？　殺人現場は――」

「この先です。今の声はもっと近くだと――」

三人のすぐ目の前のドアが開くと、女の子が飛び出して来た。下着姿だ。

「助けて！」

と、道田にしがみついたので、道田は目を白黒させて、引っくり返りそうになった。

「何だ、君はコンパニオンの子じゃないか」

と、淳一は言った。

「あ！　通訳の……。良かった！」

「どうしたんだ？」

「あのアメリカのお客さんが――」

ドタドタと部屋から出て来たのは、淳一が通訳をしているアメリカのビジネスマン。

ワイシャツにネクタイはいいが、下は花柄のパンツ一枚という、いささかバランスの悪い格好。

「やれやれ」

淳一は、そのアメリカ人の肩を叩《たた》いて、二言三言ささやいた。

「オー、ノー！」

と言うなり部屋の中へ飛び込んでしまう。

「もう大丈夫だ。中へ入って、服を取っといで」

「でも……」

「君も、誘われてノコノコ部屋の中までついてっちゃだめだ」

「ごめんなさい」

と、舌を出す。

「さあ、早く」

淳一は首を振って、「アメリカ人はタフだな」

「あなた、今、あの外国人に何て言ったの？」

と、真弓が訊く。

「あの女の子の父親は空手の達人だと言ってやった」

女の子が、バッグを振り回しながら出て来ると、

「助かったわ！　ね、後ろのファスナー、上げて」

「道田君、頼むよ」

と、淳一は真弓を促して先へと急いだのである……。

仁科は、バスルームの冷たい床に倒れていた。

周りに分厚い陶器の破片が散らばっている。

「花びんらしいわね」

と、真弓は言った。「後頭部を一撃か」

「——部屋にあった物だろう。ということは、計画的な犯行じゃない、ってことか」

淳一は現場を見回して、「どうも、女性に関しては派手な男だったようだからな。色々噂《うわさ》は出てくるだろう」

真弓は、道田に言って、逃げていく女を見たというボーイを呼んだ。

しかし、ボーイが見たのは女の後ろ姿で、

「赤いコートがチラッと見えただけでした」

という始末。

結局、大した手がかりにはならなかったのである。

「――これじゃ、帰って寝るってわけにいかないわね」

と、真弓は不服そう。

「すみません」

なぜか、すぐ謝ってしまう道田だった。

「こんな物がありました」

と、刑事の一人がやって来て、真弓にカメラを手渡した。

「カメラね」

「デジタルカメラです。後ろの液晶画面に、とった写真が出るんです。――その一枚が……」

液晶画面に、ベッドで寝ている神原裕子の姿が現われた。

「女だわ！」

と、真弓が目を輝かせる。「これこそ犯人よ！　道田君、この女を捜して」

「はい！」

「待ってくれ」

淳一は、そのカメラを手に取ると、他のコマを画面に出して行ったが……。

「——これは面白い」

「どうしたの？　漫画でもやってる？」

「TVじゃないぞ。——見ろよ」

画面に出ているのは、何かの図面らしかった。

「これ何なの？」

「さっきコンパニオンの子を追っかけてたビジネスマンが持って来た製品の図面だ。極秘の書類だぞ」

「それが……」

「次々に出てくる。——どうやら、仁科はこっそり書類を写真にとって、どこかへ売りつけようとしてたんだな」

「じゃ、スパイだったの？」

「ただの泥棒だろ」

と、淳一は肩をすくめた。「動機はこれだな。女じゃない。この売り買いのもめごとだよ」

真弓が肯いて、

「そうよ！　女なんかに目をくらまされちゃいけないわ！」

こうもコロコロ変る人間の部下も気の毒である。しかし、道田はあくまで真弓に忠実だった。

「分りました！」

と、答えて、「──でも、何を調べたらいいんでしょう？」

「それぐらい自分で考えなさい」

真弓は平然と言った。


「ええと……」

神原僚二は、戸惑った様子で、「どなたですか？」

と訊いた。

「今野といいます。奥さんと一緒に通訳の仕事をしています」

「ああ！　そうでしたか。裕子がとても助かってると言っていました。──僕に何かご用で？」

「お仕事中、申しわけないんですが、少し付合って下さい」

淳一は車を運転していた。助手席に神原を乗せて、昼間のオフィス街を走って行く。

「この辺は、N社のある所ですね」

と、神原は外を見て言った。

「ええ。――神原さん、あなたに見てもらいたい人がいるんです」

「というと……」

「お聞きでしょう、N社の仁科という男が殺された件」

「ええ、ニュースで見ました」

淳一はN社のビルの前で車を停めた。

「――ここで待ちましょう」

「何を待つんですか？」

「あなたが、若い女とタクシーで帰ったとき、奥さんはそれを見ていたんですよ」

神原が愕然《がくぜん》とした。

「そんな……。裕子は何も言いませんでした」

「あなたを信じているからです。――その女とは、何かあったんですか？」

神原は目を伏せて、

「酔っていて……。何だかよく覚えていないんです。でも、確かにホテルで……」

「そうですか。何という女ですか？」

「女子大生だと言っていました。ミドリって名だと――」

「よく見て下さい」

淳一が目をやったのは、Nビルを出てくる制服姿の一人のOLだった。「見たこと、ありませんか？」

神原はしばらくそのOLを見ていたが、

「——ミドリだ」

と、呟くように言った。

「確かに？」

「間違いありません！　何てことだ」

淳一は車を出ると、辺りを見回している女へ近付いて、

「青木みずきさんですね」

と言った。

「——あんた、誰？」

「ミドリという女子大生の友人です」

その女が青くなった。

車へ連れられてくると、

「——あんたね」

と、神原を見て、ため息をつく。

「話を聞こう」

と、淳一は言った。「女子大生と名のって、この人を誘惑したのは、仁科の言いつけ？」

「ええ」

青木みずきは、車の後部席に腰をおろすと、「私、あの人とは『いい仲』なの」

「この人の奥さんを誘う手伝いをしたのかい、それなのに？」

「だって——お金になるって言うから。通訳の裕子とかって女を使って、いいものを手に入れるんだと言ったわ」

「いいものって？」

「知らない。でも、よくわけの分んないお金を持ってて、気前良くつかってた」

と、首を振る。「ねえ！　私は仁科を殺したりしないわよ！」

「分った。仁科がよく出入りしてた場所とか、知らないか？」

「さあ……。あの人とは、専らホテルに行くだけだったもの」

「君はひどい子だな」

と、神原が言うと、青木みずきは笑って、

「私、二十八よ。女子大生だと本気で思ってたの？」

神原が真赤になった。

「もう行っていい」

と、淳一は言った。

女が行ってしまうと、神原は、

「僕は何て馬鹿だ」

と言った。

「人間、どこかで抜けてないと、生きていけませんよ」

淳一は運転席に戻った。「会社へ帰りましょう」

車が走り出すと、しばらくして、

「仁科という男は、裕子と――」

「仁科は、企業秘密を盗んでいたようです。その相手が、今度奥さんが通訳を受け持ったアメリカ人だった」

「そうですか。――裕子は仁科と、その……」

「奥さんに直接訊いたらどうです？」

と、淳一は言った。「さあ、会社です」

「ありがとう」

神原は、何となくスッキリした表情で、「ありがとう」

とくり返し、車から降りて行った。

5

裕子は〈オフィス・ハヤシ〉のドアを開けた。

「ああ、待ってたのよ」

と、林伸子が奥のごみごみした机の向うで立ち上った。

「とんでもないことが起って——」

と、裕子が言いかけると、

「ええ、本当ね。座って。——さ、座って」

いつもの、せかせかしたしゃべり方。

「仕事は終りましたけど」

と、裕子が言うと、

「それなのよ」

「何ですか？」

「さっき、N社から連絡があってね」

「はあ……」

「例のアメリカから来たビジネスマンたちから苦情が来たって」

「苦情って……どんな？」

「売り込みに来た製品の図面や仕様書を、誰かが見たって」

「見た、っていうと――」

「順番とかが入れかわっていたり、ページの隅が折れていたらしく、たぶん誰かが写真にとるか、コピーしたんだろうって言ってるんですって」

「それが私と何の関係があるんですか」

と、裕子が言った。「――私がやった、とでも？」

「N社の人たち以外で、それに近付けたのは、間に入った通訳だけだっていうわけ」

「ひどいですわ！　何の証拠もなしに」

と、裕子は顔を紅潮させて言った。

「もちろん、あなたのことはよく分ってるわ」

と、林伸子は肯いて、「でも、臨時に雇った人がいたでしょ」

「今野さんですね。でも、そんなことをする人じゃありません」

「でも、あなたもその人のこと、よく知ってるわけじゃないでしょ」

「それはそうですけど……」

「じゃ、その人がやったってことにしておきましょう。それで向うには言いわけできるし」

裕子も、あの今野というふしぎな男の正体は知らない。しかし、彼に対して恩がある。

恩知らずな人間ではありたくない。

「私は、証拠もなしに人を犯人扱いできません」

と、裕子は言った。「それに私たちは警官じゃないんです。もし、責任をとれと言われれば、私が辞めます」

「そんなこと言って――」

「いいえ。今野さんを雇ったのは私です。それに、仁科さんが殺されたり、トラブルがあったのは確かです」

裕子は立ち上って、「必要なら、訴えてもらって下さい」

と言うと、足早に〈オフィス・ハヤシ〉を出て行った。

「――やれやれ、だわ」

と、林伸子は首を振った。

電話が鳴った。

「――はい、〈オフィス・ハヤシ〉。――もしもし？」

「写真を買わないか」

と、男の声。

「――え？」

「図面と仕様書の写真だ」

「あなたは……」

「誰でもいい。——ほしければ、売ってやる」

「待って！　待ってよ！」

「今夜、十二時にN社ビルの前で待ってろ」

「もしもし！」

電話は切れてしまった。

林伸子は、深々と息をついて、椅子に疲れたように座り込んだ。


夜風が冷たい。

「——年寄りを待たせるなんて」

と、林伸子はブツブツ言っていた。

N社のビルも、もちろん真暗である。

オフィス街には人通りが絶え、落葉が飛んでいるだけだった。

「やっぱりあなたね」

——暗がりから声がして、青木みずきがコート姿で現われた。

「青木さん……」

「仁科さんがいなくなって、仕事はどうなるのかと思ってた」

と、青木みずきは言った。「さあ、ディスクを出して」

「何ですって？」

「とぼけないで！　図面を盗みどりしたディスクよ。私に買えって言ったじゃないの」

「知らないわ！」

と、林伸子は言った。「私も、それを売るからって言われて、やって来たのよ」

「そんなこと……。じゃ、誰が言って来たの？」

「私に分るわけないでしょう」

「待って」

と、青木みずきが左右へ目をやり、「おかしいわ。逃げましょう！」

そのとたん、パッと照明が二人を照らし出した。

「――むだよ」

と、真弓が進み出て、「仁科と組んで、持ち込まれてくる新製品の図面を他へ売り払ってた。今の言葉で、よく分ったわ」

「知らないわ！」

と、青木みずきが言った。

「待って！」

と、林伸子が真弓の方へ歩み寄って、「この人と仁科がやったのよ。私は何も知らないわ！」

「何ですって！」

と、青木みずきが叫んだ。「勝手なこと言わないでよ！」

「こんな女の言うこと、信じないで！　私は地道に通訳のエージェント業をやってるだけよ！」

と、言い返す。

そこへ、バサッと音がして、林伸子の足下に赤いコートが落ちた。

「――ちょっとお宅のマンションのゴミ捨て場を捜させてもらいました」

と、真弓が言った。「調べれば血痕が出てくるでしょ。――仁科とはどうして喧嘩《けんか》になったの？」

青ざめた林伸子は、コートの前にベタッと座り込んで、

「――商売なんて、どうでも良かったの」

と言った。「私は、あの人に捨てられたくなかった……」

真弓は、後ろに立った淳一と目を見交わした。

「あんたは仁科よりほんの二つくらい年上なだけだ。――そうか。仁科が神原裕子にひかれているのが許せなかったのか」

と、淳一が言った。

「あの人は笑って言ったわ。『お前とはもう終りだ』って。『裕子と組んで、やっていくんだから』って……」

林伸子は両手で顔を覆った。

「――道田君、二人を連行して」

と、真弓は言った。

淳一は、ポケットからディスクを取り出すと、

「大事な証拠だ」

と、真弓へ渡した。

真弓は、カメラにディスクをセットして、

「あの裸の女性の写真はどうなってるわけ？」

と言った。

「何のことだ？」

「中にあったじゃないの。ほら……」

と、一枚ずつ見て行くと――。

ベッドに寝ている女の裸の写真は、確かに出て来た。

「これって……」

真弓が目を丸くする。

「見間違いじゃないのか？」

――液晶画面に出ている「裸の女」は、せいぜい満一歳くらいの赤ちゃんであった……。

「じゃあ、仁科とパリで出会ったのは、偶然じゃなかったんですね」

と、裕子は言った。

「仁科は、あなたを副業のパートナーにしたかったんですよ」

と、淳一は言った。

「旅先での一夜のアバンチュールなんて……。いい気になってましたわ」

と、裕子は苦笑した。

淳一は、ディスクをポケットから出して、

「これを。――中身を消しても残しても、自由です」

と、裕子へ渡した。

昼休みの時間、ビルの谷間の小さな公園には、サラリーマンやＯＬが大勢やって来ていた。

「ありがとう」

裕子はそれをバッグへ入れ、「でも――あなたは何のためにこんなことを？」

「ご心配なく。このスキャンダルがマスコミに洩《も》れないようにして、Ｎ社から充分礼金をせしめました」

「まあ」

と、裕子は笑って、「悪い方ね」

「考えようです。もっと悪い連中よりは善良です」

「本当ね。――主人も、そう考えればすてきな人ですわ」

「それじゃ、選手交替といきましょう」

「え？」

淳一の指さす方を見ると、神原がサンダルばきで、ブラリとやってくる。

「まあ、でも――」

と、向き直ってみると、もう淳一の姿はなかった。

魔法のようだ。――あの人、本当に魔法つかいだったのかもしれないわ。

裕子は、

「あなた！」

と、呼んで手を振った。

「裕子！　何してるんだ。こんな所で？」

と、神原が嬉しそうに言って大股にやってくる。

「あなたの顔が見たくなったのよ」

「そうか。――しかし、昼休みはあと十分しかない」

「一時間ほど、迷子になったことにしたら？」

「それもいいな」

裕子は夫の腕をとると、身を寄せ合って歩き出した。

神原のサンダルの音がカタカタと弾んで聞こえていた……。

春眠、顔付きを憶えず

1

「ちょっと！」

と、甲高い女の声に、倉田はギクリとして飛び上った。

「ご用ですか？」

と、頭をプルプルッと振って訊く。

「居眠りしてたの？」

と、スーツ姿の険しい顔のその女は、「ともかく困るじゃないの！」

「は？」

「言ったでしょ、さっき。もし印刷会社の人が訪ねて来ても通すなって」

「あ……。でも、今の人、『機械の修理』と言ったんで……」

「年中見てるんでしょ、印刷会社の営業の人よ！」

「すみません……」

と、倉田は制帽を取って、「人の顔をすぐ忘れちまうんで」

「それでよくガードマンが勤まるわね」

倉田も、そう言われると返す言葉がない。

「すみません」

「これから気を付けてね！」

ガミガミと言ってエレベーターの方へ行こうとする女へ、

「あの――」

「何？」

「――どなたでしたっけ？」

女は啞然《あぜん》として倉田を見ていたが、

「広報の三橋よ」

「三橋さんですね」

と、倉田は必死で頭へ叩《たた》き込んだ。

――やれやれ。どうしてこう、俺は人の顔と名前が憶えられないかな。

倉田はため息をついた。

ガードマンとしてはまだ新人だが、倉田望は四十五歳。二十年勤めた会社が経営危機に陥って、人員を半減。倉田も減らされるグループに入っていたのである。

そして、警備会社にガードマンとして雇われ、この〈S商事〉のビルへ配属された。

何といっても、倉田が勤めていた所と違って、〈S商事〉は、この三十階建のビル全部を占める大企業。

もともと人の顔が憶えられない倉田が、広報課長の三橋信江のことを忘れていても当然だったかもしれない。

「もっとしっかりしろ！」

と、自分へ言い聞かせる。

そうだ。家族の生活がかかってるんだ！

家族といっても、娘の弘美一人だが。

「おい」

弘美も高校三年生。来年の春は大学だ。何とか大学へ行かせてやりたい……。

妻を五年前に亡くし、まだ中学校へ入ったばかりだった弘美が、それからずっと家事をやって来てくれた。

倉田自身も、そう忙しい身ではなかったので、できるだけ手伝うようにはしていたが。

それでも弘美の苦労を思うと、何とか大学へやりたいと思う倉田だった……。

「おい！　君！」

「——は？」

振り向くと、苦虫をかみ潰《つぶ》したような顔で立っている男——。

誰だっけ？　いや、確かに見たことがあった。

不機嫌そうな顔。ずんぐりした体型。年齢《とし》のころは五十代の半ばか。

ともかく、どう見ても「歓迎すべき客」とは思えない。

「ご用でしょうか？」

と、倉田は少し厳しく顔を引きしめて言った。

「用だから呼んでるんだ」

と、相変らず面白くなさそうに、「専務の市河を呼べ」

「市河専務でしょうか」

「いちいちくり返すな！　早く呼べ」

その横柄なこと。倉田はムッとして、

「ご用件を承ります」

と言った。

本当なら、ガードマンが言うことではない。〈受付〉の女性へ回せばすむが、そこでも倉田は、「人の顔をすぐ忘れる」というので文句を言われていた。

「何を言っとる」

相手は呆《あき》れた様子で、「自分で呼ぶ」

と、大股に館内用の電話へ歩み寄った。

「待って下さい！」

倉田はあわててその前に立ちはだかり、「勝手に使われては困ります！」

「何だと？　いい加減にしろ。そこをどけ」

と、倉田を押しのけようとする。

ここで簡単に引きさがっては、ガードマン失格だ！　倉田は踏んばって、

「だめです！」

と、押し戻し、「ちゃんと受付を通して下さい！」

「貴様、何をする！」

向うも顔を真赤にして怒っている。

「――どうしました？」

と、駆けつけて来たのは、当の市河専務。

倉田も、このやり手と言われる専務の顔は憶えていた。それだけ来客も多かったのである。

「専務。この人がどうしても専務を呼べと――」

「社長、どうなさったんです？」

と、市河が言った。

——社長？——社長？

そのときになって、倉田はやっとその不機嫌な顔が誰のものか、思い出したのである……。


「本当に！」

と、真弓は腹立たしげに言った。「頭に来るったらないわ！」

「——突然怒り出してどうしたんだ？」

と、夫の今野淳一は居間のソファで寛《くつろ》ぎながら言った。

「あなた」

「何だ？」

「私が『突然』怒ったって思ってるの？　私の中にじわじわと怒りがこみ上げているのが夫なのに分らなかったの？」

「だって、今まで週刊誌読んでニヤニヤしてたじゃないか」

「たとえ顔はニヤニヤしてても、心の中は怒りで一杯だったのよ！」

と、真弓は主張した。「納得した？　してないようね」

「いや、納得したよ」

「してないわ」

と言いつつ、真弓は服を脱ぎ始めた。「納得させてあげる」

「もうしてるぜ」

「してないわ！」

逆らってもむだだということを、淳一は経験から知っていたので、素直に（？）真弓を受け止めたのだった。

今野淳一としては、「泥棒」という職業柄、刑事である妻の真弓を、あんまり怒らしておくのも具合の悪いことだったのである……。

——三十分もすると、真弓の「怒り」はすっかり鎮まったようで、

「あなた今夜は仕事？」

などと訊いている。

「真弓、お前の『怒り』の原因は何だったんだ？」

「あら、私、怒ってたっけ？」

淳一は別に驚きもしなかった。

「——あ、そうだわ。目撃者の証言がいい加減でね。すっかり振り回されちゃったの」

と、真弓は思い出して、「『こいつに間違いありません！』って言うから逮捕した相手に完璧なアリバイがあってね。他の容疑者に会わせたら、また『絶対こいつです！』って……。

その二人、まるで似てないのよ」

「それで怒ってたのか」

と、淳一は笑って、「しかし、人間の記憶なんて、あてにならないもんだからな」

「本当よ。迷惑だわ」

と、真弓は顔をしかめて、「初めに逮捕した人がびっくりして逃げ出そうとしたんで、危うく射殺するところだったわ」

「おい……。やたら撃つなよ。それこそ一番迷惑したのは、その間違えられた男じゃないのか」

「そうとも言えるわね」

と、真弓は涼しい顔で言った。

そこへ電話が鳴って、淳一が出る。

「——やあ、道田君。——うん、ここにいるよ。ちょっと待ってくれ」

真弓の部下で、ただひたすら忠実に真弓を思い続けている道田刑事からである。

「——もしもし、どうしたの？」

と、真弓は替って、「——殺人事件？　あ、そう、大変ね。それじゃ頑張って」

と切ってしまう。

「——おい、いいのか、切っちまって」

と、淳一が心配して訊くと、

「何だか気が向ないの」

と、芸術家みたいなことを言い出す。

刑事が、「気が向ない」と言って捜査に出向なかったら、大変なことになってしまうだろう。

「ま、それでも道田君のことだから迎えに来るでしょうね」

と、真弓はため息をついて、「私って、本当に不幸な女なんだわ……」

「おい、道田君を撃つなよ」

と、淳一はつい注意していたのだった……。

2

「お父さん」

弘美が玄関まで出て来て、「大丈夫？」

と、心配そうに言った。

「何のことだ？」

倉田は靴をはいて、出かけようとしているところ。

「だって——夜勤はないって話じゃなかった？」

言われて、倉田もやや焦り、

「うん、まあ……そうだけど、急に休みを取る奴が多くてな。ほら、今、風邪がはやってるだろ」

「そう？　別にはやってないと思うけど」

「そうか？　——ま、どうでもいいや。じゃ行ってくる。帰りは朝だから」

「うん。——無理しないでね」

弘美は、出勤して行く父の後ろ姿を見て、ひどく不安になった。

父はもう四十五。若いという年齢ではない。

何かまずいことがあったらしい、と弘美にはピンと来ていた。倉田は隠しごとのできない人間である。

弘美はこの春、高校三年生になった。——父が、自分を大学へ進ませたいと思っていることは、分っていた。

けれども、予期しなかった父の転職で、収入はかなり減っている。弘美は、アルバイトしながら大学へ行くか、それとも高校を出て勤めるか、そのどっちの道を選ぶか、悩んでいたのだ。

電話が鳴って、弘美が出ると、

「――お嬢さん？」

「はい、そうですけど……」

「私、お父様の配属になっているビルに勤めている者です」

その女性の声は落ちついていて、むだがなかった。

「――父ですか。ついさっき出て行きました。急な夜勤の仕事が入ったと言って」

と、弘美は言った。

「そうですか……。じゃ、やっぱり」

「やっぱり、ってどういうことですか？」

「お嬢さん――弘美さんとおっしゃいましたよね」

私の名前を知っている？　弘美はびっくりした。

「はい」

「お父様は、昼の勤務から外されたんです」

弘美は絶句した。


やれやれ……。

〈夜間出入口〉のインタホンで、中にいた同僚と交替し、倉田は三十階建の〈S商事ビル〉で一人、夜を過すことになった。

「まずかったな」

と、呟《つぶや》く。

何しろ、社長の顔を忘れてしまったのだ。クビにならなかっただけでも、感謝しなければならないかもしれない。

いや、感謝するのはまだ早い。――この夜の勤務で、また何か失敗すれば、それこそ今度は「クビ」のひと言が待っているのである。

「あーあ……」

欠伸《あくび》が出る。

何しろ昨日まで朝八時からの勤務だったのだ。今夜一晩、眠らずにいられるかどうか、自信がなかった。

昼の間に寝ておこう、とカーテンを引いて布団へ入ったが、さっぱり眠れない（当り前だろうが）。――仕方ない、今夜一晩、頑張って起きていれば、明日の昼間は眠れるだろう……。

さて――倉田は、前任者の残した〈勤務予定表〉を見た。

夜間の巡回。といっても、三十階からあるフロアを全部回るだけで、どれだけ時間がかかるだろう？

それを、深夜十二時と午前三時の二回。ま、それだけでも結構時間は潰れそうだ。

いくら眠くても、歩いている間に居眠りはしないだろう。

時計を見ると、十一時になるところだった。

今の内に、ロビーを見ておこう。——何か危険物などが置いていないか。ただの忘れ物でも、あれば記録しておかなければならないのだ。

〈保安室〉を出て、倉田は、また欠伸しながらロビーへと歩いて行った。

昼間でも、溢《あふ》れるような照明に照らされているロビーが、今は深海のように暗く、静かだった。まるで全く知らない場所のようだ。

手にしたライトの明りを頼りに、この後、三十階もあるビル中を歩いて回るのかと思うと、気が重くなった。

そのとき、チーンと音がして、エレベーターの上の印が点滅した。

エレベーターが下りて来たのだ。

倉田は面食らった。誰か残っているとは思っていなかったのだ。

しかし、サラリーマンをしていた自分自身のことを考えてみても、十二時過ぎまで残って働くこともなかったわけではない。こんな大企業なら、残業する人間がいても当然かもしれない。

扉が開いて、灰色のコートをはおった男が降りて来た。

「お疲れさま」

と、倉田は声をかけた。

相手は、誰かいると思っていなかったようで、ギクリとした様子で倉田を見た。

二人は顔を見合せた。暗いといっても、エレベーターの前は照明が点《つ》いていて、二人とも互いの顔をはっきりと見たのである。

一瞬の間を置いて、その男は、倉田の方へ会釈すると、裏の〈夜間出入口〉の方へ足早に消えた。

しまった。——まだ誰か上に残っているか、訊けば良かった。

倉田は気を取り直してロビーを一回りし、女物の傘一本を「忘れ物」として記録につけた。

「さて、と……」

まだ巡回には少し早いか——。

いきなり、ポンと肩を叩かれて、

「ワッ！」

声を上げて飛び上る。

「大声を出さないでよ！　びっくりするじゃない」

「びっくりしたのは、こっちで——」

と言いかけて、「あれ？　残業ですか」

「私の名前、思い出せる？」

「ええと……〈課長さん〉でしたね」

「本当にもう！　――三橋信江」

「三橋さんだ！　そうだった。いや、すみません。『三』は何となく憶えてたんだけど」

「社長の顔も忘れてたんだから、課長ぐらいじゃ憶えてもらえないわよね」

「そういじめないで下さい」

と、倉田は汗を拭《ふ》いた。

「私、ここから近いマンションに住んでるの。倉田さんが夜勤一日目で、さぞ眠い思いをしてると思ってね」

三橋信江は、大きな手さげ袋を重そうに持ち上げて、「濃いコーヒーと、夜食。弘美さんに好物を聞いてね」

「弘美？　どうして娘のことを――」

「一度、話してくれたでしょ。娘さんのこと」

「そうでしたっけ？」

と、首をひねり、「でも、よく憶えてますね」

「人の顔と名前は忘れないたちなの」

「――羨《うらやま》しい！」

と、倉田は心から言ったのだった。

「ビルの巡回は十二時と三時でしょ」

「よく知ってますね」

「若いころは、残業残業で、泊り込んだこともあるわ。会議室で椅子を並べて、そこで眠ってね」

三橋信江は、いつもの隙のないスーツ姿ではなくて、薄手のカーデガンとスカートという格好だった。

倉田も、何となく安心していられる。

「――今しがた、一人帰って行きましたよ」

「今？　こんな時間に誰が残ってるのかしら」

「さあ……。何階から下りて来たのか」

「待って。〈保安室〉へ戻りましょ」

三橋信江は保安室のパネルを見て、

「どのフロアも、明りが消えてるわ」

と言った。

「じゃ、最後の一人だったのかな」

「――待って」

と、信江はパネルを見直し、「一つだけ照明が点いてるわ」

「え？」

「二十九階。――社長室と重役室のフロア」

「誰かいるんですかね」

「まさか！　消し忘れかも。行ってみた方がいいわよ」

「そうですね」

「私も行くわ。二十九階なんて、ただの課長じゃ、滅多に入れないから」

と、信江はいたずらっぽく笑った。

「そこへ入れるんだ。凄《すご》いな」

と、倉田もちょっと笑った。

――二人で二十九階へとエレベーターで上って行く。

「さっき帰って行ったのって、誰だった？」

と、信江は訊いて、「ごめんなさい。どんな人だった？」

と言い直した。

「謝ってくれなくても……。却《かえ》って傷つきますよ」

と、倉田が真顔で言ったので、信江はふき出した。

「男でした」

とだけ倉田が言ったとき、高速のエレベーターは二十九階へ着いた。

確かに照明は点いている。しかし、二人が見て歩いても、

「誰かおられますか？」

と呼んででも返事はなかった。

唯一、ドアの開いている部屋があり、

「あれ、〈社長室〉よ、確か」

と、信江が言った。「中を見ましょう」

「また社長と会っても、分らないかもしれない……」

「今はいないわよ」

二人は社長室の中へ入って――即座に飛び出してくるはめになった。

床のカーペットに男が一人、仰向けに倒れていて、その上着やワイシャツは血で染っていたのである。

「――一一〇番しましょ。殺人だわ、これ」

さすがに信江も青ざめている。

「えらいことだ」

と、倉田は思わず言った。「唯一、顔の分る人だったのに！」

殺されていたのは、専務の市河だったのだ。

——道田刑事が夜中に真弓を迎えに行くことになったのは、その時の通報がもとだったのである。

3

「被害者は市河清七、五十歳、と」

真弓は面倒くさそうに言った。

「真弓さん、お疲れですか」

道田刑事が心配して、「何なら少しお休みになっては？」

刑事がいちいち「くたびれた」と休んでいたら、犯人は楽々と逃げてしまうだろう。

「ありがとう道田君」

と、真弓はオーバーに額に手を当て、少しふらついて見せたりしながら、「いいの。美人薄命って言うでしょ。長くない命なのよ、私」

自分で言うのも珍しい。

「真弓さん！　そんなことを言わないで下さい。警視庁の未来は、真弓さんの肩にかかってるんですから！」

段々言うことがエスカレートしてくる道田だった。

「ともかく話を聞きましょう。アーア……」

と、真弓は欠伸をした。

要するに眠いだけなのだ。

社長室の床に、白い布をかけた死体。隅のソファに、ガードマンと女性が座っている。

「──発見者はあなた方ですね」

と、真弓は言った。「詳しい状況を」

また欠伸して、

「道田君、メモしてね。もし私に万一のことがあったら──」

「真弓さん！　万一のことって……」

「もし眠っちゃったら、よ」

「はあ」

「後でメモ見せて」

──倉田望の説明を、三橋信江が所々補う形で、一応の話がすむ。

「被害者は専務ですね」

「そうです」

「あなた方は？」

──二人が面食らって、

「私は……課長ですけど。この倉田さんはガードマンで」

と、三橋信江が言うと、

「そんなことを訊いてるんじゃありません！　あなた方の関係を訊いてるんです」

「関係、といいますと……」

「恋人同士とか、不倫の仲とか色々あるでしょう」

真弓の訊き方が悪いのだが、二人とも赤くなって、

「そんなんじゃありません！」

「とんでもない！」

と、同時に言った。

「わざわざ帰宅してから、夜中にこのガードマンが一人でいる所を狙《ねら》ってやって来たというのに、恋人でも不倫でもないって言うんですか？　素直に白状した方が身のためですよ」

何の捜査だか分らない。

「――ご苦労さん」

と、声がして、検死官の矢島が声をかけて来た。

「あ、どうですか、死因？」

「心臓停止だな」

「矢島さん！　殺人事件の捜査ですよ。真面目にやって下さい」

よく人のことが言えるものである。

「刃物で一突き。——凶器はナイフというより、もう少し大きな、包丁みたいなものだろう。即死だな」

と、矢島は言った。「後は改めて連絡するよ」

「分りました」

真弓は、倉田と三橋信江の方へ戻ると、「市河清七専務と、あなたたちと三角関係になって、争った挙句、包丁で刺し殺した。それで間違いないですか？」

二人が仰天して、

「そんなこと、していません！」

と、信江が立ち上って訴えると、

「そうでしたっけ？　どうも眠くてボーッとしてて」

起きていて夢でも見たのかもしれない。

「——倉田さんは、犯人らしい人物がエレベーターを降りてくるのに出会った、と言っておられるんです」

見かねて（？）道田が口を挟んだ。

「あら、そう！　じゃ話は簡単じゃないの」

と、真弓は急に元気が出て来て、「それじゃ、犯人逮捕は時間の問題ね。私も帰ってゆっくり寝られるってもんだわ」

「そうですね」

「じゃ、早くしましょ。――倉田さんでしたっけ？　犯人の顔は？」

――倉田は、複雑な表情になった。

「犯人の……顔、ですか」

「そうです。エレベーターから出て来たのと、顔を合せたんでしょ？」

「はあ……。あれが犯人だとすれば、そうです」

と、倉田は肯《うなず》いた。

「じゃ、特徴を言って下さい。どんな男だったか」

「あの……灰色のコートを着てました」

「灰色のコートですね。それで？」

「男でした」

「男ですね。それで？」

「灰色のコートを着てました」

「――あのですね、警察を馬鹿にしてるんですか？」

「待って下さい」

と、三橋信江が口を挟んだ。「この人は――」

「お父さん！」

弘美がすぐ玄関へ出て来た。

「起きてたのか」

「だって、心配で――」

と言いかけて、父の後ろに立っている女性に気付く。

「三橋さんだ。偉いんだぞ。課長さんなんだ」

と、倉田はわざと大げさに言った。

「倉田さんたら……。じゃ、私はこれで」

「あ、お茶でも、せめて」

と、弘美がすすめて、信江を中へ入れた。

――もう朝になっている。

倉田は重苦しい気分で、

「夜勤のとたんに殺人事件か。これでクビかな」

と、肩を落とした。

「倉田さんのせいじゃないわ」

と、信江が励ます。

「ありがとう。しかし、三橋さんにもとんだ巻き添えを食わせてしまって」

「いいえ、私は好きで行ったんですもの」

「もとはと言えば、私がお願いしたから」

と、弘美がお茶を出しながら、「ごめんなさい」

「いい娘さんがいらして、羨しいわ」

と、信江はやっと微笑《ほほえ》んだ。

「しかし――あの女の刑事さん、妙な人だったな」

思い出すと、倉田も笑ってしまうのだった。

「ええ。いい人だわ。少し変ってるけど」

と、信江も笑う。「正直な人よ。可愛いし」

「確かにね。――それにしても、いやになる。どうして人の顔が憶えられないんだろう」

倉田は、あのときエレベーターから降りて来た、灰色のコートの男の顔を、どうしても思い出せないのだった。

「何か一つぐらい憶えてるでしょう！」

と、食い下る女刑事に、倉田も必死で考えるのだが、焦るとますます思い出せなくなるのだった。

「――お父さんは昔からそうだもの」

と、弘美が言った。「いつも担任の先生に『どなたでしたか？』って訊いて、私、恥ずかしい思いしたわ」

「おい……」

「人は、それぞれ得手不得手があるものなのよ」

と、信江が言った。

そしてお茶を飲み干すと、立ち上って、

「もう帰るわ。ごちそうさま」

「送りますよ、そこまで」

と、倉田もあわてて立ち上る。

――朝の通りを二人で歩きながら、

「すみませんね。僕はこれから眠るけど、三橋さん、出勤でしょ」

「一日や二日、徹夜なんて平気よ」

と、信江は言った。

バスの来る時間になっていた。信江は、

「私、あの刑事さんに言われたとき、ドキッとしたわ」

と言った。

「何のことです？」

「恋人でもないのに、わざわざ夜中にあなたを訪ねて行くか、ってこと。——私、本当に倉田さんのことが好きなのかも」

「え？」

倉田が目を丸くした。

「それじゃ。——バスが来たわ」

信江は、まだ空いているバスに乗って、窓から手を振った。

倉田も手を振り返して——バスが見えなくなるまで、突っ立って見送ったのだった……。

4

「社長」

と、秘書の野崎卓夫が言った。「どうなさいますか。——社長」

「聞こえてる」

と、有村は顔を上げた。

「あの……重役会が午前十時から——」

「分っとる」

有村は無表情に、「それがどうした」

「あの……市河専務が亡くなったので、どうしようかと——」

「市河が死んでも、S商事の仕事は休むわけにいかん。違うか？」

「はい、それは確かに……」

「なら問題なかろう。予定通りだ」

「分りました」

と、野崎は言った。「では、その旨、皆さんに——」

「それより、社長の俺が、どうして〈社長室〉へ入れんのだ！」

と、有村は文句を言った。

「警察の指示で。殺人現場ですから」

今、有村は、殺された市河が使っていた〈専務室〉にいた。〈社長室〉は〈立入禁止〉のテープが張られて入れなかったのだ。

「早く入れろと言え！　仕事に差し支える」

「電話を入れているのですが……」

「返事は？」

「担当刑事が出て来ていないので、答えられない、と」

「けしからん！　公務員のくせに、朝九時過ぎても出勤せんのか」

「事件が夜中でしたし……」

「ともかく、急がせろ！」

と、有村はかみつきそうな顔で言った。

野崎卓夫が〈専務室〉を出て廊下を急いでエレベーターへ向うと、

「野崎さん！」

と、小声で呼ばれ、キョロキョロしていると、

「こっち。——こっちよ」

非常階段の方から手招きしている女。

野崎は急いで駆けて行くと、

「奥さん！」

「どうしたんです、こんな時間に？」

「主人は？」

「今、〈専務室〉です。〈社長室〉が使えないので」

今年五十五歳の有村才蔵社長の妻は、ゆかりと言った。夫のほぼ半分の二十八歳という若さ。

三番目の妻。モデルとしてS商事のCMに出ていて、有村に目をつけられたのである。

ゆかりにとっても、モデルとしては一流の壁はあまりに厚く、社長夫人の地位は魅力があったのだ。

結婚して二年、まだ充分に若々しく美人だったが、決して幸福とは言えなかった。

である。

秘書の野崎は三十一歳の独身。ゆかりから見れば多少年上でも、夫よりずっと近い存在である。

非常階段の踊り場で、野崎と有村ゆかりは抱き合っていた。

「――大丈夫。口紅も香水もつけてないわ」

と、ゆかりが言った。

「それにしても、市河専務があんなことに……」

「ええ。困ったわ、私」

「どうしたんです？」

「ゆうべ……帰ってみたら、スーツの上着のボタンが取れてしまってるの。気が付かなかったのよ」

「ボタンですって？」

「ええ、きっとあのときに――」

「しかし、警察からは何も？」

「言って来ないわ。でも、もし見付かっていれば、遠からず誰のものか分るでしょう」

「そのときは――僕が証言します」

「だめよ！　市河さんを殺したと思われるわ」

「奥さん……」

「しっ！」

と、野崎はあわてて周囲を見回して、「今は仕事が……」

「ええ。お昼休みに出られる？」

「たぶん……一時半くらいなら」

「待ってるわ。この近くで。携帯に電話して」

「分りました」

野崎は肯いて、「ともかく一緒にいるのを見られたらまずい。先に行って下さい」

「ええ。ごめんなさいね」

ゆかりは、エレベーターで一人、先に帰って行った。

野崎は、もう一度下りのボタンを押して、エレベーターが来るのを待っていたが——。

ふと気が付くと、いつの間にか見たことのない男がすぐ傍に立っているので、びっくりした。

どこかの会社の「切れる」重役という印象の男である。

野崎は軽く会釈しておいて、エレベーターが来ると、

「どうぞ」

と、先に乗せた。「——何階へおいでですか？」

と訊くと、

「ともかく一階まで行きましょう」

「は? 私は途中で——」

「取れたボタンのことで、お話があるんです」

野崎が絶句している間に、男は〈1〉のボタンを押し、扉が閉って、エレベーターが下り始める。

「お二人の話をたまたまうかがっていましてね」

と言ったこの男は、もちろん淳一である。

「それはどういう意味です?」

「有村ゆかりさんのスーツから取れたボタンは、警察の手に入ってはいませんよ」

野崎はふしぎそうに、

「どうして分るんです?」

「心がけです」

と、淳一はとぼけた。「〈社長室〉のどこかに転っているのかもしれない。しかし、あなたや奥さんが〈社長室〉の中へ入って捜し回るわけにいかないでしょう。もし、よければ、私が捜して来てあげます」

「あなたが?」

「見付かったら、五百万で買っていただく。見付からなければタダで結構。いかがです?」

野崎は、すぐに返事ができなかった。

エレベーターはその間に一階へ着く。

「今のエレベーターは速いですな」

と、淳一は言った。「ゆっくり話もできない。——それじゃ」

と、行きかけた淳一へ、

「では、よろしくお願いします！」

と、野崎が声をかけた。

他の社員も大勢乗ってくる。淳一は振り向いて軽く会釈すると、そのままビルから出て行った。


「——はあ、色々と申しわけありません」

どうして俺が謝らなきゃいけないんだ？

倉田はそう思いながらも、

「今夜も時間通りに行けよ」

と言われて、クビにならずにすんだ、とホッとしていた。

さて……。しかし、娘の弘美の帰りが遅い。いつもなら、もう帰って来て、夕食の仕度など始める時刻だが。

高校三年生ともなれば、色々用事もある。付合いもあるだろう。それを考えれば、弘美はいつも父親のためによくやってくれた。

弘美……。決してお前に苦労はかけないからな。

電話が鳴って、

「――はい。弘美か？　――もしもし？」

「やあ」

と、男の声が言った。「ゆうべはどうも」

「いえ、こちらこそ」

と、つい言ってしまって、「どなたです？」

「〈S商事〉のビルで会ったろ？　エレベーターを降りたら目の前にあんたがいて、びっくりしたぜ」

倉田は青ざめた。

「あんたは……」

「俺のことを黙っててくれてるようだな」

言いたくても言えないのだ。

「何の用だ？」

と、倉田は言った。

「礼が言いたくてね。ちょいと会いたいんだが」

「そんな……礼なんか言ってほしくない」

「そうかい？　人がせっかく礼を言おうという気になってるのに、むげに断るもんじゃないぜ」

「放っといてくれ！」

「そうか。じゃ、気の毒だが、お前の娘も放っとくことにするか。一週間もすりゃ飢え死にするだろ」

倉田の顔から血の気がひいた。

「――何と言った？」

「娘が帰ってないだろ。俺が預かってる」

「弘美を――どうしたんだ！」

「落ちつけ！　だから、ちゃんと俺の礼を受けてくれればいいのさ」

弘美が！　――何てことだ！

「どこへ行けばいいんだ？」

「俺の方から出向いてくよ。礼を言う方がうかがうのが礼儀ってもんだろ。昨日のように出かけるんだろ？　あのビルへ」

「ああ……」

「じゃ、夜中に邪魔するよ。そのとき会おうぜ」

「待ってくれ！　弘美は無事なのか！」

「もちろんだ。警察なんかへ知らせたら、娘の命はない。分ってるな」

「――分った」

電話を切ると、倉田はその場に座り込んでしまった。

弘美……。弘美。

何てことだ！

また電話が鳴った。気が動転していた倉田は、受話器を取るなり、つい、

「弘美に手を出したら、承知しないぞ！」

と言っていた。

何だか前の電話の「続き」みたいな気がしていたのである。

「倉田さん、どうしたの？」

「――え？」

「三橋信江よ」

「あ……。失礼！」

「いいえ。でも、何なの？　弘美さんに何かあったの？」

「実は……」

倉田も、信江に話さないわけにいかなかった。

「――まあ、とんでもないこと！」

「うん……。しかし、僕は何も憶えてないっていうのに……」

「向うはそう思ってないわよ」

「そうだろうな」

「あなたを殺して、口をふさぐ気でいるのかもしれないわ」

「弘美の命がかかってるんですよ！」

「警察へは？」

「言えやしない。――どうしましょう？」

「今夜。いつ現われるか分らないのね。いいわ。私も一緒に待ってる」

「三橋さん、でも――」

「ともかく、昨日の通りに、出勤して来て。私、〈保安室〉で待ってるわ」

と、信江は言った。

倉田も一人でいたくはなかったのである。

5

エレベーターが二十九階に着くと、人気のない、静かなフロアに、扉の開く音が肝を冷やすほど大きく聞こえた。

有村ゆかりは、おずおずと左右へ目をやって、そっと廊下を進んで行った。

明りは点いているが、それでも、あまり気持のいいものではない。ゆかりの足は、〈社長室〉へと向っていた。

〈社長室〉のドアの前にはテープが張られて、まだ〈立入禁止〉になっている。ゆかりは、その前で深呼吸をすると、まるで高圧電流でも通っているかと確かめるように、こわごわテープを持ち上げ、身をかがめて内側へ入った。

ドアを細く開ける。——むろん中は真暗である。

ゆかりは、ともかくドアを細くでも開けたことで、多少度胸がついたらしい。ドアを大きく開けて、中へ入った。

その瞬間、

「危い！」

という声と共に、バッと誰かがゆかりの体を抱きかかえるようにして、床へ伏せた。

次の瞬間、ズドン、と腹の底へ響く音がして、〈社長室〉のドアが大きく削り取られてしまった。

「――大丈夫か？」

と、起き上ったのは淳一である。

ゆかりは、何が起ったのか分らない様子で、

「離して！　人を呼ぶわよ！」

と、騒いでいる。

淳一は立ち上って、明りを点けた。

「あのまま入ってたら、あんたは今ごろ廊下の向うの端まで吹っ飛んでただろうぜ」

ゆかりは、ドアが猛獣の爪でもぎ取られたように、大きく削られているのを見て、目を丸くした。

「これって……」

「今、中へ入ったときに、あんたがこの細い糸を切ったのさ」

と、淳一は床から切れた糸を拾い上げ、「これが切れると、正面にセットした散弾銃が火を吹く仕掛けだ」

社長のデスクの上に椅子が置かれ、そこに散弾銃がロープでくくりつけられ、固定されていた。

「それが私に……」

ゆかりは真青になった。

「あんたを狙ったわけじゃない。ここへは、取れたボタンを捜しに来たんだろ?」

淳一の言葉に、ゆかりはびっくりして、

「どうしてそれを……」

「市河があんたに惚《ほ》れていて、ゆうべ、ここへあんたを呼び出した。あんたは家から包丁を持ち出して、ここへ来た」

「私……モデルだったころ、暴力団とつながりのある男と恋仲だったことがあり、市河はそれを知って、私を脅したんです」

と、ゆかりは言った。「私、いざとなったら、市河を刺してでも、と思って包丁を持って……」

「そして、もみ合っている内にグサッと——」

「私じゃありません!」

と、ゆかりは叫ぶように言った。「私が包丁を振り回すと、市河もひるみました。それで、市河の方へ投げつけておいて、逃げ出したんです」

「後で、ボタンが一つ取れているのに気付いた」

「ええ……。ここにまだ落ちていたら、と思って、捜しに来たんです」

「危うく、この罠で命を落とすところだったな」

「でも……誰がこんなこと？　この銃って、主人のだわ、きっと」

「すると、有村社長が？」

「いえ……。あの人、とっても無器用なんです。こんなややこしい仕掛けを作るなんてこと、やれっこありません」

と、ゆかりは妻らしい言葉を洩《も》らした。

エレベーターの扉の開く音がした。

「どうやら、これを仕掛けた当人が、結果を見に来たらしい」

淳一は、ゆかりの手を取って、明りを消すと、「隠れるんだ」

と、大きなデスクの後ろへ身をかがめて入り込んだ。

「——あなたはどなた？」

と、ゆかりが言った。

「ボランティアかな、広い意味での」

と、淳一は言った。「シッ」

足音が近付いて来て止った。

中へ入って来て、明りを点けると——。

「お前か」

その声は廊下の方から聞こえて来た。

「——主人だわ」

と、ゆかりが小声で言った。

淳一はそっとデスクの端から顔を出した。

「社長……」

野崎が部屋の中に立っていた。そして、有村が廊下に立って、

「お前がこの仕掛けをしたのか」

「いえ、それは——」

「銃を持ち出したのは知ってるぞ。これで、俺を殺すつもりだったのか」

「社長！　どうして私が——」

「ゆかりとお前のことを知らんと思っているのか」

「私は……」

「しかし、しくじったな。誰も倒れてないぞ」

と、有村は中へ入って来ると、「俺は、ゆかりを愛してる。たとえ俺を裏切っても、だ。

——野崎、お前が市河を殺したのか？」

「違います！」

と、野崎は目を丸くして言った。

「この仕掛けは、私を撃つためのものですよ」

淳一が立ち上って言うと、二人はびっくりして飛び上りそうになった。

「隠れてたのか」

と、有村が言うと、同時に、

「ボタンは？」

と、野崎が訊く。

そして、二人は顔を見合せた。

「——私が今夜ここへ、奥さんの服から取れたボタンを捜しに来るというので、野崎さんはこの仕掛けを作った。私が死んで、後で銃を戻しておけば、万一のときも、有村さんのやったことと思われる」

淳一は、ゆかりへ、「出ていらっしゃい」

と声をかけた。

「ゆかり……」

「あなた……。私がこれで死ぬところだったわ」

と、ゆかりは言った。「野崎さんとは何でもないのよ。力になってはもらったけど……」

「何でもないなんて！」

野崎は顔を真赤にして、「僕を抱きしめたじゃありませんか」

「まあ、落ちついて」

と、淳一は言った。「――市河さんは、ゆかりさんの持って来た包丁で刺されて死んだ。しかし、ゆかりさんは刺していない」

「私、そんなことできないわ」

「しかし、実際に市河さんは刺されて死に、包丁はどこかへ消えた。――持ち去ったのは？」

「私だ」

と、有村が言った。

「あなた！」

「しかし刺してはいない。俺がここへ来たとき、もう市河は死んでいた。包丁を抜いて、持って行ったんだ」

「でも……」

「奥さん」

と、淳一は言った。「市河さんを殺したのはあなたただ」

「私じゃないわ！」

「あなたは夢中で包丁を投げつけて逃げたと言った。それがね、たまたま、市河さんの心臓に突き刺さったんだと思う」

「――そんな！」

「狙っても、そう当るもんじゃないが、却って、偶然がそういう結果になった、というわけです」

ゆかりは青くなって、フラフラと夫の腕の中へ倒れ込んだ。

「おい！　しっかりしろ」

「もう……だめ」

と、目を回しつつ、「自分の投げた包丁が……人の心臓に、なんて……。考えただけで気持悪い……」

有村はため息をついて、

「魚の切り身にも触れない奴なんだ」

と言った。

「——そういうことだったのね！」

と、突然声がして、真弓が道田と一緒に入って来た。「たとえ過失でも、殺人は殺人です」

「はい……」

「俺が一緒に行く」

と、有村がゆかりの肩を抱いて言った。

「待って下さい」

と、また顔を出したのは、倉田と三橋信江だった。

「娘が誘拐されたんです！　あのときの男に！」

「私、てっきりこの人が嘘《うそ》ついてると思って後を尾《つ》けて来たのよ」

と、真弓が倉田を見て言った。「――倉田さん、この中に、そのときの男はいますか？」

「さあ……。ともかく本当に顔が憶えられないんです」

すると淳一が、

「もしかして、こういう男じゃなかったですか？」

いつの間にか手にしていた灰色のコートを野崎にパッと着せかけた。

「あ！　――本当だ！」

と、倉田が目をみはる。

「あなたに見られてまずいと思えば、その場で何とかしたはずだ。大丈夫、と判断したのは、あなたがすぐ顔を忘れる人だと知っていたからですよ」

野崎は、コートを床へ投げ捨て、

「奥さん。――ご心配なく。あんたが投げた包丁は、市河さんの胸に刺さったが、そう深い傷じゃなかった。僕はこの中に隠れていて、あなたが逃げ出すと、『助けてくれ！』とわめいている市河さんの心臓まで、包丁を深く押し込んだんですよ」

野崎は有村を見て、「そして、もう一度机のかげに隠れた。社長が入って来て、包丁を抜いて出て行った。少し待って、僕もここを出たんです」

「そのとき、倉田さんと下でバッタリ会ってしまった、というわけだ」

と、淳一が言うと、

「じゃ、あのとき、三人も続けてここから下りて行ったんですか？　――ガードマンに向いてないのかな、私は……」

と、倉田は言って、「そうだ！　弘美はどこです！」

「捜してみるんだね」

と、野崎は笑った。「どうせ隠していてもむだだろう。――社長。専務と僕は、二人で大分会社のお金を拝借したんです」

「野崎――」

「専務が弱気になってましてね。奥さんをゆすろうと持ちかけて、殺すつもりだったんです。でもね……」

野崎は肩をすくめると、いきなり、机にセットされた散弾銃へ駆け寄る。

「危い！」

淳一が真弓を抱いて床へ伏せた。

次の瞬間、野崎は銃口の前に立つと、手を伸し、もう一発の引金を引いていた。

「弘美は……生きてるんだろうか」

倉田が、すっかり力を落としている。

「倉田さん、ともかくあなたはガードマンだ。下で、警官が来るのを待っていて下さい」

淳一に押されるようにして、倉田はトボトボとエレベーターへ向う。

「元気出して！」

と、信江が寄り添って力づける。

エレベーターが上って来て、扉が開くと――弘美が立っていた。

父と娘が抱き合って喜ぶのを、信江が涙ぐんで眺めていた。

「――ちゃんと野崎に目をつけていて、部下に尾行させていたんですよ。この優秀な刑事がね」

淳一が真弓の肩を叩くと、倉田が、

「ありがとうございました！」

と、真弓の手を握った。

「私の手より、そちらの手を握られた方が」

真弓は信江へ目をやって、「私の言った通りでしょ？」

「お父さん！」

と、弘美が言った。「奥さんになってもらいたかったら、信江さんの顔、忘れちゃだめだよ！」

三人が泣き笑いの顔でエレベーターに消えると、

「でも、野崎は本当にゆかりさんを好きだったの？」

「寂しくて、気のあるそぶりでも見せたんだろう。――女は罪作りだ」

「あら、私も？」

淳一はニヤリと笑って、

「美人は誰でもそうさ」

と言ったのだった。

解説

山前　譲

　西暦二〇〇〇年という区切りのいい年の一月早々に、赤川さんはオリジナル著書が四百冊に到達しました。デビュー作は一九七六年にオール讀物推理小説新人賞を受賞した短編「幽霊列車」で、記念すべき最初の著書は翌年六月刊の長編「死者の学園祭」です。デビューから足掛け二十五年、単純平均すると一年に十六冊以上という驚異的なペースになります。

　すっかりお馴染《なじ》みとなった今野淳一・真弓夫妻の活躍も、約二十年もの長い年月を重ねてきました。シリーズの十二作目になるこの連作推理「泥棒も木に登る」は、一九九八年七月にトクマ・ノベルズとして刊行されたものですが、著書リストの番号でいえば三七二になります。

　四百冊という数字は日本の出版界でもなかなかない出来事です。マスコミの注目を集め、インタビューに応じる機会も多かったようですが、そこで赤川さんは、ここまでの数になったのは、シリーズ・キャラクターがたくさんあるからだと語っていました。

赤川作品の主流となっているのは推理小説です。かのシャーロック・ホームズや明智小五郎の例を持ち出すまでもなく、複数の作品に活躍する個性的な探偵役がポピュラーなジャンルですが、赤川さんは、二、三冊のものまで含めれば、シリーズ化したキャラクターが二十近くになります。たしかにいまの日本の作家のなかでは他に例を見ません。

普通、西村京太郎さんの十津川警部や内田康夫さんの浅見光彦のように、その作家を代表するような探偵役はひとりです。多くても、島田荘司さんの御手洗潔と吉敷竹史のようにふたりぐらいでしょうか。そう簡単に個性的なキャラクターを創造できませんし、限られた創作量のなかで何人もの探偵役を活躍させると、それぞれの登場作品が少なくなって印象が散漫になってしまいます。

ところが赤川さんは、じつにたくさんのキャラクターを巧みに操ってきました。しかも、それぞれの設定がかけ離れているために、シリーズとしての味わいも異なっています。これほど数が増えてしまったのは、なにも赤川さんが浮気症というわけではなく、出版社側からの要望に応えてのものだったのです。「幽霊列車」に登場した永井夕子と、作家専業になるきっかけとなった一九七八年の「三毛猫ホームズの推理」が、まず赤川作品の人気を決定づけました。このユニークなシリーズ・キャラクターに各社の編集者が注目しないはずがありません。キャラクター物の原稿依頼が多かったことは容易に想像できます。

シリーズ・キャラクター物が多くなることを、赤川さん自身が危惧《きぐ》しなかったわけではありません。今野夫妻は、永井夕子と三毛猫ホームズにつづいて誕生した三番目のシリーズですが、第一作の「盗みは人のためならず」の「あとがき」で、〝シリーズゆえのパターン化が、作者の手を縛ることも、なきにしもあらずなのである〟と述べていました。シリーズ・キャラクターはふたつで十分とも考えていたようです。

しかし、今野夫妻の登場をきっかけに、出版社ごとに違えたシリーズ物が増えていきます。おそらく、パターン化を避けるひとつのテクニックが、シリーズをいくつも書き分けていくことだったのでしょう。同じキャラクターを書きつづけていくと、物語の展開はしだいに難しくなっていきます。マンネリズムも避けられません。しかし、シリーズがいくつもあれば、特定のキャラクターに縛られることなく書きすすめていくことができます。もちろん、創作量が多く、それぞれのシリーズが人気を呼ぶような、赤川さんならではの解決方法なのですが。

そこで、シリーズにはどのようなものがあるかとチェックして気付いたのですが、どうしたわけか徳間書店が飛び抜けて多いようです。今野夫妻を筆頭に、マザコン刑事、第九号棟の華麗なる探偵たち、真夜中のオーディションと、四シリーズもあります。ちょっと欲張りのようですが、なかでも活躍しているのは、やはり一番の先輩ということで今野夫妻です。夫は天才的な泥棒、妻は奇才（？）溢《あふ》れる刑事。夫婦コンビという設定も赤川作品のシリーズ物ではほかにありません。シリーズ十二冊目ともなればまさに阿吽《あうん》の呼吸のふたりです。

ジェットコースター危機一髪の「泥棒も木に登る」(『問題小説』一九九七・八)、工場閉鎖がトラブルのもとの「先導が多すぎて」(『問題小説』一九九七・十)、演歌の流しとロック歌手の夫婦が狙われる「帯に短かし、助けに流し」(『問題小説』一九九七・十二)、産業スパイも登場する「遠くて近きは不倫の縁」(『問題小説』一九九八・二)、人の顔を覚えられないガードマンが混乱の原因の「春眠、顔付きを憶えず」(『問題小説』一九九八・四)と、いつものように格言や諺《ことわざ》をもじった作品が、謎解きと笑いと涙を誘います。

シリーズ・キャラクターの特権として、今野夫妻は若さを保ってきました。相変らず真弓は警察官にあるまじき大胆な行動が多く、部下である道田君は大変そうです。一方、淳一は、華麗かつクールに仕事をこなしています。そして、夫婦の愛は、ますます激しく燃え上がっています。羨《うらや》ましいかぎりです。

物理化学的に人間を分析すれば、個々の人間の構成要素にさほどの違いはないはずです。多少頭部にタンパク質が不足しているとか(けっして筆者のことではありません)、脂肪が多いとか(もちろんこれも筆者ではありません!)、カルシウムが足りないとか、個人差はもちろんありますが、誰かひとりが特別な元素や機能を有しているようなことはないでしょう。超人的な創作活動だからといって、赤川さんの脳細胞の構造に他の人と違いがあるとは思えません(レントゲン写真を見たわけではありませんが)。

ところが、その外見的にも生化学的にも区別がつけられないはずの脳から、我々にはとても不可能な、四百冊を越す豊かな物語が紡がれてきたのです。人間の脳とは不思議なものだとあらためて思います。どんな仕事でもスマートにこなす今野淳一に赤川さんの脳を盗んでもらって、どこかの研究所で徹底的に分析してはどうでしょうか。ひょっとするとその脳細胞にこれまで発見されていない何か特別な……ということはあり得ないでしょうが、天下の怪盗が盗みたくなるほどの脳であることは間違いありません。

四百冊といえば本棚が一杯になってしまうほどの量です。けれど、赤川さんのファンはさらに五百冊、六百冊、七百冊と期待しているでしょう。実際、四百冊目となった「三毛猫ホームズの最後の審判」にさほど間を置かず、「乳母車の狙撃手」「明日なき十代」「幽霊指揮者」「卒業旅行」と、相次いで新作が刊行されています。赤川さんならけっして期待を裏切ることはないでしょう。そして、本書でも相変らずお熱いところをみせつけている今野夫妻のますますの活躍も、やはり確実なことなのです。

二〇〇〇年六月

この作品は1998年7月徳間書店より刊行されました。

徳間文庫をお楽しみいただけましたでしょうか。どうぞご意見・ご感想をお寄せ下さい。
宛先は、〒105－8055 東京都港区東新橋1－1－16 ㈱徳間書店「文庫読者係」です。

徳間文庫

泥棒《どろぼう》も木《き》に登《のぼ》る

2000年7月15日 初刷

著者 赤《あか》川《がわ》次《じ》郎《ろう》
発行者 徳《とく》間《ま》康《やす》快《よし》
東京都港区東新橋一―一―一 〒105―8055
発行所 株式会社 徳間書店
電話(〇三)三五七三・〇一一一(大代)
振替 〇〇一四〇―〇―四四三九二
印刷 製本 凸版印刷株式会社

ISBN4-19-891335-8 (乱丁、落丁本はお取りかえいたします)

〈編集担当 丹羽圭子〉